그림으로
읽는
아리아

그림으로 읽는 아리아

발행일	2019년 11월 15일		
지은이	손수연		
펴낸이	손형국		
펴낸곳	(주)북랩		
편집인	선일영	편집	오경진, 강대건, 최예은, 최승헌, 김경무
디자인	이현수, 김민하, 한수희, 김윤주, 허지혜	제작	박기성, 황동현, 구성우, 장홍석
마케팅	김회란, 박진관, 조하라, 장은별		
출판등록	2004. 12. 1(제2012-000051호)		
주소	서울특별시 금천구 가산디지털 1로 168, 우림라이온스밸리 B동 B113~114호, C동 B101호		
홈페이지	www.book.co.kr		
전화번호	(02)2026-5777	팩스	(02)2026-5747
ISBN	979-11-6299-952-3 03810 (종이책)	979-11-6299-953-0 05810 (전자책)	

이 도서의 국립중앙도서관 출판예정도서목록(CIP)은 서지정보유통지원시스템 홈페이지(http://seoji.nl.go.kr)와
국가자료공동목록시스템(http://www.nl.go.kr/kolisnet)에서 이용하실 수 있습니다.
(CIP제어번호: 2019045257)

(주)북랩 성공출판의 파트너

북랩 홈페이지와 패밀리 사이트에서 다양한 출판 솔루션을 만나 보세요!

홈페이지 book.co.kr • **블로그** blog.naver.com/essaybook • **출판문의** book@book.co.kr

스물세 편의 오페라로 본
예술의 본질

그림으로
읽는
아리아

손수연 지음

북랩 book Lab

Prologue
:

작가 무라카미 하루키는 음악에도 조예가 깊어 작품에서 종종 음악을 모티브로 쓰기도 했다. 하루키의 에세이에서 '오페라라는 단어가 주는 매력적인 울림에 마음이 흔들린다.'는 구절을 읽은 적이 있다. 그의 말대로 오페라라는 단어에는 매력적인 울림과 함께 사람의 마음을 뛰게 만드는 무엇인가가 존재한다. 그것은 오페라가 가지고 있는 종합예술적인 성격 때문이 아닐까 생각해 본다.

오페라는 드라마와 음악의 결합인 동시에 무용, 무대미술, 의상 등을 포함한 당대 예술의 총체다. 오페라를 보다 보면 음악만 들리는 것이 아니라 시가 들리고, 무용이 보이고, 미술이 보인다. 다양한 예술이 공존하는 오페라는 하나의 장르로 규정하기 어려운 복합적인 빛깔을 지닌 무대예술이다.

그중에서 주인공의 감정이 가장 복받치는 상황에서 터져 나오는 아리아는 작곡가나 대본작가가 말하고 싶은 메시지를 강하게 함축하고 있는 오페라의 꽃이다. 아리아는 오페라 안에서 주요 등장인물이 부르는 서정적인 독주성악곡을 의미한다. 그러나 오페라에서 아리아가 지닌 힘은 그 이상이다. 단 한 곡의 아리아가 그 오페라의 상징이 되기도 하고 오페라 전체를 대중의 기억에 영원히 남는 작품으로 만들기도 한다.

그런 아리아와 명화 한 점을 함께 두고 떠오르는 생각을 정리한 것이 이 책이 되었다. 스물세 편의 오페라 아리아와 명화의 접점을 찾아 하나로 묶었다. 책에서 짝지어진 오페라 아리아와 그림의 대부분이 직접적인 관련은 없다. 하지만 서로 다른 예술 사이에서 공통의 이야기를 찾아가는 일은 상당히 흥미로운 작업이었다.

이번 작업에서 찾은 아리아와 그림 사이의 접점은 '연민'이라고 말하고 싶다. 내가 사랑한 많은 아리아의 주인공들은 비극적인 운명을 맞이했다. 그리고 그 아리아에 공명했던 그림 속 인물이나 화가들의 삶 역시 불행했던 경우가 많았다. 이런 가련한 인생의 행로를 보면서 느꼈던 안타까움과 페이소스를 스물세 편의 에세이에 담았다.

오페라 〈리골레토〉에서 느꼈던 리골레토의 울분과 비원을 우리 화가 이중섭의 그림 〈흰 소〉에서 보았고, 〈나비부인〉에서 흐르던 초초상의 애타는 절규가 모네의 그림 속에서 그저 아시아에 대한 동경과 호기심으로 소비된 것은 씁쓸한 일이었다.

이렇게 아리아와 그림을 하나의 공간 속에 두고 있노라면 오페라의 등장인물 혹은 그림이 내게 말을 걸어오는 것 같다. 미처 못다한 이야기를 아리아는 그림이, 그림은 아리아가 대신 전해주고 있다고.

Contents

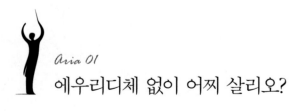

Aria 01
에우리디체 없이 어찌 살리오?

글루크,
오페라 <오르페오와 에우리디체>

오페라는 16세기 르네상스 시대 이탈리아의 카메라타 모임 (Florentine Camerata)에 의해 탄생되었지만 발전과정에서 여러 가지 모습으로 변질돼 초기 오페라가 구현하려 했던 이상적인 모습과는 많이 벗어나 있었다. 18세기 오스트리아 출신 작곡가 글루크(C. Gluck)는 개혁을 통해 혁신적인 오페라를 내놓는데 이것이 요즘 우리가 알고 있는 근대적 오페라의 출발점이 되었다.

오페라 개혁의 출발이 된 작품은 바로 오페라 <오르페오와

에우리디체(Orfeo ed Euridice)>이다. 이 작품은 그리스 신화 중 오르페우스 신화를 소재로 한 오페라인데 전하는 바에 따르면 오르페우스는 아폴론 신과 뮤즈의 아들로 시인과 음악가로서 명성을 얻었던 존재라고 한다. 그의 아버지로 전해지는 아폴론 신은 그리스 신화에서 태양의 신이면서 동시에 음악의 신이고, 그의 어머니는 예술가에게 영감을 주는 아홉 명의 뮤즈 중 막내인 칼리오페인데 칼리오페는 음악적인 재능이 유독 뛰어난 뮤즈로 알려져 있다. 이처럼 오르페우스의 재능은 이미 천부적인 것이었고 그는 음악을 위해 존재했다 해도 과언이 아니다.

오르페우스는 아폴론 신에게 리라를 선물 받고 늘 그것을 지니고 다니며 연주했는데 그가 연주를 시작하면 사람과 동물은 물론 산천초목도 모두 감동했다고 한다. 그리스 신화에서 오르페우스를 다룬 그림을 보면 그는 항상 악기를 연주하고 있고 어떤 것은 리라와 같이 손으로 발현하는 악기이거나 초기 형태의 바이올린을 연주하는 것으로 묘사돼 있다. 즉, 리라와 같은 악기는 오르페우스의 상징이었다. 신화를 다룬 그림에서 인물이 자연 속에서 악기를 다루고 있거나 주변에 리라가 있으면 그는 오르페우스일 가능성이 많다는 것이다. 특히 주변에 동물이나 님프들이 그를 둘러싸고 있으면 더욱 그러하다. 그는 신은 아니지만 신과 뮤즈와의 결합으로 탄생했다고도 알려진 인물이기 때문에 독특한 위치에 있었다. 잘생긴 그의 용모와 시인이자 음악가로서 빼어난 재능은 주변 님프들의 선망의 대상이었다.

오르페우스는 아름다운 숲의 님프 에우리디체와 사랑에 빠져 결혼을 하지만 에우리디체는 결혼한 지 열흘 만에 독사에 물려 죽고 만다. 신부를 잃고 큰 슬픔에 빠진 그는 죽음의 지하세계로 가서 그녀를 되찾아 오고자 한다. 그러나 에우리디체를 돌려보내주는 대신 내걸었던 신의 조건을 어겨 그녀와 돌이킬 수 없는 이별을 하게 된다.

여기까지가 많은 사람이 알고 있는 그리스 신화의 오르페우스와 에우리디체의 이야기다. 신화는 여러 버전이 존재하긴 하지만 대부분의 신화는 이렇게 전하고 있다. 아내와 영원히 작별하게 된 오르페우스는 큰 상심 끝에 주변 여러 여성의 유혹도 소용없이 더 이상 어떤 여성과도 관계를 맺지 못하게 된다. 여성과의 관계 지속이 어렵게 된 그는 남색을 탐하며 동성애의 시조가 되었다고도 한다. 그 때문에 여성들의 원한을 산 그는 디오뉘소스 축제를 다녀오던 여성들에 의해 머리가 잘리고 몸은 찢기는 죽임을 당하고 마는데 여성들은 잘린 머리와 그의 리라를 강물에 흘려보냈다. 흐르는 강물에서 머리만 남은 와중에서도 수염으로 리라를 연주했다는 다소 엽기적인 얘기도 전하고 있지만 결국 그의 재능을 아깝게 여긴 제우스 신이 그의 리라를 하늘로 올려 별로 만들어 주었고 그것이 바로 거문고자리라고 한다.

이것이 원래 오르페우스와 에우리디체 이야기의 완전한 결말인데 글루크의 오페라에서는 주인공의 이름이 오르페우스(Orpheus)에서 오르페오(Orfeo)라는 이탈리아식 이름으로 바뀌고 결말도 바뀐다. 글루크는 이 신비롭고 아름다운 이야기를 황제의 대관식 축하공연의 일환으로 공연했기 때문에 처참한 비극으로 끝낼 수는 없었다. 오페라 대본 작가인 시인 칼차비치는 또다시 에우리디체를 잃은 오르페오가 자살을 결심한 순간 사랑의 신이 나타나 에우리디체를 되살려 주고 모두가 기뻐하는 해피엔딩으로 작품을 완성했다.

에우리디체를 데리고 지하세계에서 완전히 빠져나갈 때까지 절대 뒤를 돌아봐선 안 된다는 금기를 어기는 순간 에우리디체는 다시 죽게 되고, 절망한 오르페오는 에우리디체를 껴안고 절규한다. 신과의 약속을 어긴 대가는 이토록 가혹한 것이다.

이 장면에서 나오는 아리아가 바로 '에우리디체 없이 어찌 살리오?(Che faro senza Euridice?)'다. 가장 비통한 상황에서 부르는 아리아지만 음악은 그렇게 감정에 치우치지 않는다. 가장 우아하고 담담한 선율로 자신의 슬픔을 노래한다. 가사는 에우리디체가 없는 삶에 대한 통탄이 가득하다. 그러나 멜로디는 차분하고 기품마저 느껴진다. 조금의 과장도 없는 단순하고 담백한 선율 속에 사랑하는 아내를 다시 잃은 슬픔이 절절히 느껴진다. 바로크 오페라에서 빈번히 등장했던 과도한 기교와 의미도 없는 장식음의 남발을 없애고 오페라 초기의 정신으로 돌아가고자 한 글루크의 개혁 정신을 잘 엿볼 수 있는 부분이다.

또 한 가지 특이한 점은 이 곡이 원래 거세된 남성가수인 카스트라토(Castrato)를 위해 쓰였다는 것이다. 여성이 무대에 오를 수 없었던 시대에 여성의 역할과 신이나 영웅 같은 초월적 존재를 노래했던 카스트라토가 초연 당시 오르페오의 역할을 맡았다. 그 이후 알토를 위해 다시 편곡되었고 테너나 바리톤을 위해 음역이 조절되기도 했으나, 오늘날에는 다시 원전으로 돌아가 오르페오 역할은 여성 알토나 메조소프라노 아니면 카운터 테너가 맡는다. 개인적인 취향이지만 필자는 오르페오 역할을 카운터 테너가 맡을 때 가장 빛난다고 생각한다. 남성이 팔세토(가성, falsetto) 창법으로 여성의 음역까지 노래할 때 음유시인 오르페오의 개성이 제대로 부각된다고 여겨진다. 오르페오는 신은 아니었지만 인간도 아닌, 신의 자손으로 알려져 있다. 뛰어난 음악적 재능으로 인간세계와 자연은 물론이고 지하세계의 모든 신마저 감동시켰던 그가 성별이 모호하게 느껴지는 카운터 테너의 특별한 음색으로 노래 될 때 이 세상의 범속한 사람과는 다른 느낌으로 전달되는 것이다.

오르페우스 신화는 초기 오페라부터 수없이 다뤄졌다. 고대 그리스 비극의 재현을 목표로 시작된 오페라에서 천부적인 음악적 능력과 가슴 아픈 사랑 이야기를 간직한 오르페우스만큼 매력적인 소재도 없었을 듯하다.

프레데릭 레이턴(Frederic Leighton, 1830~1896)
<오르페우스와 에우리디체(Orpheus and Eurydice)>, 1864

금기를 위반한 대가,
다시는 만날 수 없는 비극적 사랑

에우리디체 없이 어찌 살리오?

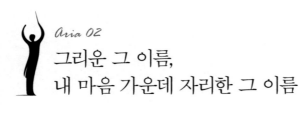

Aria 02

그리운 그 이름,
내 마음 가운데 자리한 그 이름

| 베르디,
| 오페라 <리골레토>

이탈리아 음식 중에 '프리마베라(Primavera)'라고 불리는 유명한 파스타가 있다. 프리마베라는 이탈리아어에 '봄'이라는 뜻으로 여러 색깔의 채소를 섞어 만드는 오일 베이스의 파스타로 알록달록한 색깔이나 채소를 중심으로 내는 것이 화사한 봄의 계절감을 느끼게 해줘서 붙은 이름이다.

이처럼 봄은 만물 생동의 기운을 담아 싱그럽게 표현하는 것이 일반적인데 이탈리아의 프리마베라라는 이름으로 유명한 것이 또 하나 있다. 바로 르네상스의 유명한 화가 산드로 보티첼리(S. Botticelli)의 작품 〈봄(La Primavera)〉이다. 보티첼리가 1478년 피렌체 메디치 가문의 주문을 받아 제작한 이 작품은 그리스, 로마 신화를 바탕으로 약동하는 봄의 모습을 상징적으로 표현한 명작이다.

작품을 보면 비너스 여신을 중심으로 꽃의 여신 플로라 등 봄을 상징하는 이미지가 가득하고 우아한 색감과 균형 잡힌 아름다움이 생동감 있는 분위기를 더없이 잘 드러내고 있다. 이 그림에는 여러 가지 상징이 담겨 있는데 봄을 상징하는 서풍의 신 제퓌로스나 꽃의 여신 플로라 이외에 눈길을 끄는 존재는 지혜와 상업의 신 머큐리와 사랑의 신 큐피드다.

작품 속에서 머큐리는 하얀 꽃이 만발하고 오렌지가 주렁주렁 열린 나무 사이에서 지팡이로 구름을 가리키고 통통한 아기 큐피드는 화살을 눈을 가린 채 쏘고 있다. 서구에서 오렌지는 순결이나 순수, 신부의 기쁨을 상징해왔고 눈을 가린 큐피드가 쏘는 사랑의 화살은 누가 맞을지 모르는, 그야말로 예고 없이 어느 날 다가오는 사랑이다.

오페라에서 순결한 처녀가 어느 날 갑자기 다가온 사랑의 기쁨을 온 마음을 다해 표현하는 아리아를 찾아보자면 단연 베르디(G. Verdi)의 오페라 〈리골레토(Rigoletto)〉 중 질다의 아리아 '그리운 그 이름(Caro nome)'을 꼽고 싶다. 오페라 〈리골레토〉에는 만토바 공작이 부르는 '여자의 마음' 등 오늘날까지 사랑받는 아리아가 많지만 그중에서도 가장 아름다운 아리아를 꼽으려면 질다의 '그리운 그 이름'일 것이다.

만토바 공작 궁정 어릿광대 리골레토의 금지옥엽인 질다는 자신의 신분 때문에 딸에게 피해가 갈까 두려워한 아버지의 염려로 하주 종일 집에만 갇혀 지낸다. 척추장애를 가진 외모 때문에 남들의 비웃음을 사는 리골레토와는 달리 빛나는 아름다움을 가진 처녀 질다는 세상에 단둘뿐이라며 아버지와 서로 의지하고 사는 착하고 순진한 딸이다. 그녀의 유일한 외출은 교회에 가는 것인데, 여기서 질다는 가난하지만 고귀한 생김새의 학생인 괄티에르 말데와 사랑에 빠지게 된다.

질다가 사랑에 빠진 멋진 학생 괄티에르 말데는 사실 바람둥이 만토바 공작으로, 질다의 아름다움에 반해 학생으로 위장하고 접근한 것이다. 그는 구애하던 여성을 탐하는 목적을 달성하면 미련 없이 다른 여성에게 눈을 돌려 버리는 악랄한 호색한이다. 이런 사정을 꿈에도 모르는 질다는 세상 모든 딸이 그렇듯이 아버지마저 속여가면서 그와 사랑을 속삭인다.

리골레토의 집을 몰래 숨어든 괄티에르 말데와 서로의 사랑을 확인하고 그를 돌려보낸 뒤 질다는 넘치는 행복감과 사랑의 기쁨을 표현하는 아리아 '그리운 그 이름'을 부른다. '괄티에르 말데! 내가 사랑하는 그 이름, 내 가슴속 깊이 새기네…'로 시작되는 이 곡은 서정적이고 고운 음색에다 화려한 콜로라투라의 기교까지 표현해 내야 하는 고난도의 아리아로 이 곡을 잘 소화해 낼 수 있는 소프라노는 그리 많지 않다.

질다는 아무나 할 수 있는 역할이 아니다. 음역이나 음색이 알맞다고 그냥 할 수는 없다. 질다가 가진 젊음, 순결함, 청순함이 소리에서 느껴져야 하는 데다 첫사랑에 빠진 처녀의 기쁨과 설렘이 그대로 전달되도록 하는 표현력도 있어야 한다. 비교적 가벼운 음빛깔을 가진 젊은 소프라노가 주로 이 역을 맡지만 젊은 음색의 앳된 소프라노가 질다의 처음 맛보는 행복에 충만한 내밀한 감정을 표현해 내기란 쉽지 않은 일이어서 질다 역을 잘하는 소프라노를 찾는 것이 어려운 것이다.

이렇게 첫사랑의 기쁨을 노래하던 질다는 사랑하는 이의 배신에도 불구하고 그를 대신해 자신의 목숨을 바친다. 그것은

그리운 그 이름, 내 마음 가운데 자리한 그 이름

아마 그녀가 처음 만난 첫사랑이기 때문이었을 것이고 다시는 만나기 어려운 순결한 감정의 대상이었기 때문이었을 것이다.

보티첼리의 〈봄〉에서 머큐리와 비너스를 둘러싼 오렌지 꽃과 같은 순수함과 순결함을 지닌 처녀 질다는 큐피드가 무작정 쏜 사랑의 화살에 맞고 갑자기 다가온 사랑에 전부를 던졌다. 그녀의 사랑은 비극으로 끝났지만 아리아 '그리운 그 이름'에서 보여준 새봄과 같은 질다의 청순함은 기나긴 겨울의 끝자락에 서 있는 우리의 마음마저 설레게 한다.

산드로 보티첼리(Sandro Botticelli, 1445~1510)
<봄(La Primavera)>, 1478

봄의 미풍처럼 어느 날 갑자기 찾아온
사랑의 기쁨

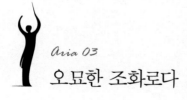

Aria 03

오묘한 조화로다

푸치니,
오페라 <토스카>

    막달라 마리아(Maria Magdalena)는 '일곱 악령(귀신)에 시달리다가 예수에 의해 고침 받고 열렬한 추종자가 되었다'(루가 8:2)는 성경 기록에서도 알 수 있듯이 예수님의 제자이자 성녀로 알려져 있다. 이 막달라 마리아가 원래 창녀였다가 예수님에 의해 죄의 사함을 받고 회개했는지 다른 신분의 여인이었는지에 대해서는 의견이 분분하나 그녀가 예수의 발에 값비싼 향유를 부어 자신의 믿음과 경외심을 표현했고 예수의 죽음과 부활을 처음 목격한 충실한 제자였다는 사실은 분명하다.

성녀(聖女)나 천사를 묘사한 대부분 성화가 그러하듯 막달라 마리아를 그린 성화도 그녀를 매우 아름답게 묘사한다. 금발의 긴 머리를 가진 아름다운 미모의 소유자로 표현하면서 몸의 일부를 드러내는 설정으로 어두웠다고 전해지는 그녀의 과거를 드러내고 있다. 여기에 그녀가 예수를 위해 부었다는 향유를 담은 옥합과 참회를 의미하는 해골과 함께 그려질 때가 많다.

화가 프레데릭 샌디(A. F. A. Sandys, 1829~1904)는 영국에서 활동한 화가이다. 실력을 인정받으며 활발하게 활동했던 그는 탁월한 데생 실력을 바탕으로 신화적인 소재나 성서 인물의 초상화 분야에서 주목할 만한 여러 작품을 남겼다.

그가 남긴 작품 중에 인상적인 것이 성경 속 막달라 마리아를 묘사한 〈마리아 막달레나(Mary Magdalene)〉다. 막달라 마리아를 다룬 많은 작품이 어두운 배경 속에 참회하거나 고뇌하는 막달라 마리아를 표현하고 있는데 이 작품은 예외다. 이국적인 아라베스크 문양을 배경으로 녹색과 붉은색의 대비가 선명한 망토를 걸친 발그레한 뺨의 소녀가 옥합을 들고 있다. 그녀에게서는 회개하는 성녀 이미지보다 사랑하는 이에게 행동으로 마음을 표현하는 처녀의 수줍음과 고집이 묻어난다. 고혹적으로 빛나는 금발과 달아오른 두 볼, 다홍빛 입술은 성녀의 엄숙하고 경건한 이미지와는 거리가 있어 보인다.

흔히 알려진 성경 속 인물의 이미지와 조금 다른 성화를 그린 화가를 찾는다면 오페라 〈토스카(Tosca)〉의 화가 카바라도시를 꼽을 수 있다. 주인공 토스카의 애인인 카바라도시는 화가이며 성 안드레아 델라 발레 성당의 벽화를 그리고 있는 중이다. 그는 성당 벽화로 막달라 마리아의 초상을 그리고 있는데 그 모델은 애인 토스카가 아니라 요즘 성당에 자주 기도를 드리러 오는 금발에 푸른 눈을 가진 귀부인이다. 이름도 모르는 금발의 젊은 귀부인의 미모에 반한 카바라도시는 그녀를 막달라 마리아의 모델로 삼고 그 사실을 아는 성당지기는 그에게 불경하다며 비난한다.

성당지기의 비난에도 아랑곳없이 카바라도시는 지니고 다니는 토스카의 작은 초상화를 꺼내 들고 두 여인의 아름다움을 비교하며 찬탄하는 노래를 시작한다. 이것이 바로 오페라 〈토스카〉 시작 부분에서 연주되는 테너의 아리아 '오묘한 조화(Recondita armonia)'이다. 도입부부터 쭉쭉 뻗어 나가는 테너의

힘찬 고음과 푸치니(G. Puccini) 특유의 서정적인 선율이 어우러진 강렬한 인상의 이 아리아는 오페라 초반에 흘러나와 관객의 집중을 유도한다.

'예술은 신비한 재주로 서로 다른 아름다움을 하나로 만든다.'는 내용의 이 아리아에서 카바라도시는 그림 속 여성은 금발에 푸른 눈이지만, 불같은 성격을 가진 나의 플로리아(토스카의 이름)는 짙은 갈색 머리에 검은 눈동자를 가졌다며 아직 등장하지 않은 주인공 토스카를 묘사한다. 덕분에 관객들은 주인공 토스카가 어떤 생김새의 여인인지 미리 알 수 있고 카바라도시의 아리아와 뒤에 등장한 토스카의 모습을 비교하는 재미까지 느낄 수 있다.

이어서 등장한 토스카는 당대 로마 최고의 성악가답게 강렬한 개성을 발산하지만 연인 앞에서는 한없이 사랑스러운 여자다. 그녀는 오늘 밤 별장에서 밀회를 약속하고 카바라도시와 사랑의 이중창을 열창하나 카바라도시가 그리는 초상화의 모델이 자신이 아닌 다른 여성인 것을 안 순간 폭풍 같은 질투심을 드러낸다. 연인의 변명에 겨우 진정된 토스카는 다시 그의 품에서 사랑의 노래를 속삭이지만 퇴장하면서도 초상화의 눈동자를 자신과 같은 검은색으로 바꾸라는 애교 어린 당부를 잊지 않는다.

유복한 귀족가문 출신인 카바라도시는 복잡한 정치 상황에서 한발 물러선 방관자적인 예술가이고 오직 미학적인 아름다움과 연인에 대한 사랑을 추구하는 낭만주의자이다. 그러나 행복한 시간도 여기까지, 카바라도시는 정치 탈옥범인 친구를 도우려다 계략에 휘말리고 그를 구하려던 토스카 역시 음모의 희생양이 되어 두 사람은 비극적인 결말을 맞이하고 만다.

이 모든 것이 단 하룻밤 새에 벌어진 일이기 때문에 카바라도시의 죽음 이후에도 성 안드레아 델라 발레 성당에는 완성하지 못한 막달라 마리아의 그림이 한동안 남아 있었을 것이다.

프레데릭 샌디(Anthony Frederick Augustus Sandys, 1829~1904)
<마리아 막달레나(Mary Magdalene)>, 1858~1860

두 개의 아름다움을 하나로 만드는
예술의 신비

오묘한 조화로다

Aria 04
오늘밤 산들바람이 부는 소나무
아래로 오세요, 편지의 이중창

모차르트,
오페라 <피가로의 결혼>

모차르트(W. Mozart)의 오페라 <피가로의 결혼(Le Nozze di Figaro)>에 나오는 여성 2중창 '편지의 이중창(Canzonetta Sull' Aria… Che soave zeffiretto)'은 전체 4막 중 3막에 나오는 매우 아름다운 곡이다. 이 곡은 영화 <쇼생크 탈출>에 삽입된 곡으로도 유명한데 영화 속에서 답답하고 암울한 교도소 생활의 한 줄기 빛과 같은 효과로 사용되었다.

주인공과는 달리 대부분 동료 재소자는 무식한 하층민 계급 출신의 범죄자이고 이들은 오페라에 대해 전혀 무지하다.

그러나 푸른 하늘을 배경으로 이 2중창이 울려 퍼진 순간 어리둥절함에서 경탄으로 변하는 그들의 표정은 이미 곡의 이해와는 상관없었다. 노래의 내용은 몰랐으되 음악의 아름다움에서 교도소 담장을 넘어 날아가는 자유를 느꼈던 것이다.

넓은 교도소 전체를 꽉 채우다 못해 두둥실 떠올라 교도소 밖으로 멀리멀리 날아간 2중창에 재소자들이 공감한 것은 여인들의 나긋한 목소리와 음악의 어울림이 있었기 때문이다.

이처럼 오페라에 문외한인 재소자조차 감동시킨 이 2중창은 사실 오페라의 흐름과 썩 어울리지 않는 곡이다. 두 여인이 이토록 아름다운 멜로디를 주거니 받거니 하며 준비하는 것은 그들의 남편이자 주인인 백작을 골탕 먹이려는 음모다.

백작부인을 나 몰라라 하고 결혼을 앞둔 젊은 하녀 수잔나의 뒤꽁무니를 따라다니기에 바쁜 바람둥이 백작. 급기야 백작은 중세 영주의 권리인 초야권까지 들먹이며 수잔나를 피가로에게서 가로채려 하고 이에 분노한 피가로와 수잔나, 백작부인은 힘을 합쳐 백작을 망신 주고 그를 반성하게 한다는 것이 이 작품의 기본 줄거리이다. 이들을 중심으로 여러 등장인물이 끝없는 사건과 소동을 일으키면서 오페라는 점점 더 흥미

진진하게 펼쳐지고 결국은 백작의 반성과 사죄로 해피엔딩을 맞는다.

이 곡을 편지의 이중창이라고 하는 이유는 작품 후반부 백작을 골려줄 중요한 소품인 편지를 받아쓰면서 부르는 2중창이기 때문이다. 수잔나와 백작부인은 백작을 밀회 장소로 이끌어내기 위해 거짓 편지를 전하기로 하고 산들바람이 부는 저녁 멋진 소나무 아래로 오라는 내용의 편지를 꾸며 쓴다. 백작부인이 부르고 수잔나가 받아 적는 모양 때문에 돌림노래 형식이 된 이 곡은 음모를 꾸미는 노래임에도 아름다운 멜로디 위로 산들바람이 살랑거리는 듯한 우아함이 가득하다.

여인들의 계략에 걸려들어 밀회 장소에 나타난 백작은 톡톡히 망신을 당한 뒤 부인의 용서를 구하고 백작부인의 너그러운 용서 속에 오페라는 막을 내린다. 비록 작품은 행복한 결말을 맺었을지 모르지만 작곡가 모차르트가 말하고 싶은 것은 권선징악의 해피엔딩이 아니었다. 그가 오페라를 통해 드러내고 싶었던 것은 귀족계급의 위선과 용렬하기 그지없는 계급의식이었다.

오페라 〈피가로의 결혼〉이 초연된 것은 1786년이다. 당시 유럽은 계몽주의 사상의 영향으로 시민의식이 싹트기 시작했고 귀족사회의 모순과 부조리에 대한 거부감이 팽배했다. 어린 시절부터 고위 성직자와 귀족의 살롱에서 연주를 하며 그들의 전횡을 몸소 체험한 모차르트는 어느 누구보다 귀족계급에 대한 반감이 강했다. 모차르트와 대본가 다 폰테(L. Da Ponte)가 프랑스에서 루이 16세에 의해 공연이 금지된 보마르셰(P. Beaumarchais)의 희곡을 가지고 오페라를 만들겠다고 의기투합한 사실부터가 모차르트의 이러한 성향을 잘 말해주는 것이라 하겠다.

다 폰테의 대본은 보마르셰의 희곡보다 많이 순화되었지만 부도덕하고 모순 덩어리인 귀족을 향한 신랄한 풍자는 여전했고 모차르트는 이를 유쾌하고 재기 발랄한 음악으로 잘 살려냈다. 점잖은 체하면서 뒤로는 음흉하게 하녀를 탐하려다 결국 많은 사람이 보는 앞에서 부인에게 무릎까지 꿇는 백작의 수치스러운 모습은 모차르트가 바라던 모습인지도 모른다. 임계점을 향해 끓어오르던 불만은 이들의 바람대로 1789년 프랑스 혁명으로 폭발하여 새로운 시민사회를 향한 발판이 마련되었다.

바로크 이후 프랑스 혁명까지 유럽은 로코코 문화의 시대였다. 로코코 시대 회화에서는 궁정문화나 귀족의 한가로운 유희를 화려한 필치로 화면 가득 담아냈는데 우리는 이런 그림을 통해서 당시 귀족의 사치와 향락이 어디까지 달했는지 미루어 짐작할 수 있다.

장-오노레 프라고나르(J. H. Fragonard, 1732~1806)는 이 시대의 마지막 거장으로 그의 작품에는 귀족의 호사스러운 연애와 취향, 감성과 유행까지 섬세하게 드러나 당시 사회의 모순을 실감케 한다. 이후 귀족에게 다가온 현실이 〈피가로의 결혼〉처럼 해피엔딩으로 마무리되지 못한 것은 자업자득이라 할 수밖에 없지 않을까.

장-오노레 프라고나르(Jean-Honoré Fragonard, 1732~1806)
<그네(The Swing)>, 1767

간지러운 산들바람의 장난 뒤에 숨겨진
섬뜩한 현실

Aria 05
축배의 노래

베르디,
오페라 <라 트라비아타>

사교계의 꽃이자 무척이나 아름답고 반짝이는 한 여성이 있
다. 그녀는 밤이면 밤마다 이어지는 파티에서 곱게 단장한 채
많은 남자들을 상대하고 향락을 즐긴다. 그리고 그녀를 흠모
하는 한 남성이 있다. 그는 귀족 신분은 아니지만 당시 새롭게
부상하던 부르주아 집안의 순진하고 혈기 넘치는 도련님이다.

두 사람은 여자가 주최한 파티에서 만나게 된다. 파티에 참
석한 사람은 장안에서 행세깨나 하는 귀족과 부르주아 등 상
류계급 남성들과 이들과 어울려 화려한 밤을 보내는 여성들로

음성적인 밤의 파티였다. 숭배자에게 둘러싸인 여자는 처음엔 수줍은 듯 다가오는 그를 대수롭지 않게 생각한다. 그녀에게 는 그런 식으로 관심과 호감을 표현하는 남성이 너무 많았던 것이다.

그리고 무엇보다 지금 그녀에게 순진한 티를 못 벗은 풋내기 청년의 구애 따위는 별 관심 대상이 아니었다. 이렇게 밤의 파 티에서 여왕처럼 떠받들어지고 하루하루를 쾌락 속에 살아가 지만 그녀는 남모를 고통을 안고 있었다. 무절제하고 불규칙 한 생활에 따른 병마가 젊은 그녀를 조금씩 잠식해가고 있었 던 것이다. 폐결핵으로 추측되는 병은 나날이 심해져 끝이 머 지않았음을 예감하게 했다. 그럴수록 여자는 병색을 감춘 채 더욱 아름다운 치장과 쾌활한 태도로 손님을 맞이한다.

그날 밤의 파티 역시 그녀에게는 깊어가는 병과 불안한 미 래를 잊기 위한 망각의 도구로써 연 것뿐이다. 남성들과 웃고 즐기는 가운데서도 때때로 얼굴에 어두운 빛을 감추지 못하 던 그녀에게 손님들은 건배를 제안하고 아까 그 청년은 과감 하게 축배의 노래를 선창하기 시작한다.

베르디(G. Verdi)의 너무도 유명한 오페라 〈라 트라비아타

〈La Traviata〉〉의 1막 시작 부분이다. 파리 사교계의 고급 창부인 비올레타와 부르주아 계급의 청년 알프레도의 이루지 못한 슬픈 사랑 이야기를 다룬 이 작품에서 비올레타는 젊은 나이지만 이미 산전수전을 다 겪은 여성으로 나온다. 뜨겁게 타오르는 사랑의 감정도, 눈부시게 빛나는 젊음도, 부귀영화도 얼마나 부질없는 것인지 잘 알고 있다. 병마가 찾아든 그녀는 모든 것이 헛되고 부질없음을 느끼고 삶에 대한 아무런 목표나 의지가 없다. 그녀가 여는 밤의 파티가 성대하고 화려할수록 공허함만이 커질 뿐이다.

'축배의 노래(Brindisi)'에서 알프레도는 이 밤도 환락에 취하도록 마시고 또 마시자고 노래한다. 거기에 비올레타도 흥겹게 오늘 밤을 즐기자고 답하며 의미심장한 마음의 소리를 담는다. '꺼지기 쉬운 것은 사랑의 기쁨, 피었다 덧없이 지는 한송이 꽃, 두 번 다시 즐길 일은 없어요. 즐깁시다 ….' 언뜻 들으면 오늘 밤을 즐기자는 노래지만 모든 것에 허무함을 느끼는 비올레타의 심경을 함축적으로 잘 드러낸 구절이다.

이 '축배의 노래'는 이중창으로 시작되어 합창으로 마무리되는데 작품 속에서 아리아 못지않은 비중을 차지하고 있고 흥겹고 리드미컬한 선율이 오페라의 분위기를 고조시키는 역할이기 때문에 〈라 트라비아타〉를 대표한다고도 할 수 있는 곡이다. 이 곡의 제목이 축배의 노래다 보니 일반적인 행사나 음악회의 마지막을 경쾌하게 장식하는 경우가 많지만 사실 가사만 놓고 보면 상당히 퇴폐적이고 향락을 추구하는 내용을 담고 있다.

축배의 노래로 속마음을 더 깊이 드러낸 알프레도의 순수한 사랑에 조금씩 끌리기 시작하는 비올레타는 자신의 감정을 부정하면서 사랑과 인생의 덧없음을 되뇐다. 고민하던 그녀는 마침내 알프레도를 받아들이고 그를 사랑한 대가를 혹독히 치른 뒤 비참하게 세상을 떠난다. 알프레도의 구애에 주저했던 비올레타는 자신의 미래를 예감했던 것일까?

예부터 서양문화에서는 죽음으로 귀결되는 인생의 허무에 유난히 주목해왔다. 지금은 아무리 빛날지라도 결국은 빛을 잃고 소멸되고 마는 인생무상을 의미하는 그림이 유난히 많다. 티치아노(V. Tiziano, 1488~1576)가 1515년에 그린 작품 〈속세의 허영(The Vanity of the World)〉을 봐도 알 수 있다. 젊고 아름다운 여인이 여자에게 없어서는 안 될 거울을 들고 있다.

그 거울 속에는 값비싼 보석 장신구와 금화가 보인다. 그녀가 누리는 부귀영화를 말하는 듯하다. 그러나 그 뒤를 들여다보면 희미한 촛불을 든 구부정한 노파가 어둠 속으로 들어가고 있다. 그 노파는 그림 속 젊은 여성의 미래다. 한 떨기 꽃처럼 빛나는 젊음과 사랑, 부귀영화는 모두 찰나에 지나지 않는다는 경고의 의미가 있는 것이다. 비올레타는 이 모든 것을 알고 있음에도 다시 알프레도와의 사랑에 자신의 모든 것을 걸었다. 삶이 덧없다 해서 하루하루가 소중하지 않은 것은 아니다. 오히려 유한한 인생 속에서 단 한 번이라도 찬란한 불꽃을 피워 올리는 것, 그것이 중요하지 않을까? 비올레타는 그렇게 결심하고 행동한 것이다.

베첼리오 티치아노(Vecellio Tiziano, 1488~1576)
<속세의 허영(The Vanity of the World)>, 1515

지난날의 장미는 이제 그 이름뿐,
우리에게 남은 것은 그 덧없는 이름뿐.

축배의 노래

Aria 06

미쳐버린 나약한 그녀의 노래,
광란의 아리아

도니체티,
오페라 <람메르무어의 루치아>

　1,600년대 후반 스코틀랜드의 귀족 스테어 달림플 경의 딸 쟈넷 달림플은 그 지방의 기사인 아치볼드 러더퍼드와 남몰래 사랑하는 사이였다. 그러나 당시는 부모가 정해주는 대로 정략에 따라 결혼을 하는 것이 관례였기 때문에 기울어가는 가세를 우려한 쟈넷의 부모는 미래가 보장되고, 가문의 부흥을 위해 딸을 유력한 귀족 가문의 상속자인 데이비드 던바와 억지로 결혼시킨다. 1669년 8월 한여름에 치러진 결혼식이었지만 그녀 오빠의 회상에 따르면 쟈넷의 손은 얼음장처럼 차가

왔다고 한다.

그날 밤 신방으로 꾸며진 두 사람의 방에서 비명소리가 새어 나오고 사람들이 달려간 현장에는 신랑인 데이비드는 칼에 찔려 거의 죽어가고 있었고 칼을 든 신부 쟈넷이 피투성이가 된 채 미쳐 날뛰며 울부짖고 있었다. 다행히 데이비드는 목숨을 건졌지만 미쳐버린 쟈넷은 결혼식으로부터 1달도 안 돼 죽고 말았다.

이 비극적인 이야기는 스코틀랜드 귀족 달림플 가문의 실화로 영국의 유명한 역사소설가 월터 스콧 경이 소설로 재탄생시켰다. 그는 소설의 시대와 배경을 1,700년대 초반 앤 여왕 통치 시대의 스코틀랜드 램머무어 언덕(Lammermuir Hills)으로 설정했다. 주인공의 이름을 루시 애슈턴과 에드거 레이븐스우드로 바꾸고 '나의 영주 이야기(Tales of My Landlord)'라는 3부작 역사소설 중 하나인 '램머무어의 신부(The Bride of Lammermoor)'로 1819년 발표하면서 이 소설이 달림플 일가의 불행한 실화에 기초하고 있음을 분명히 했다.

쟈넷 달림플 실화를 바탕으로 한 '램머무어의 신부' 이야기는 당시에 상당히 충격적이자 흥미로운 소재였음에 틀림없다.

영국의 화가 존 밀레이(J. E. Millais, 1829~1896)는 〈램머무어의 신부(The Bride of Lammermoor)〉라는 이름으로 1878년 그녀를 그렸고, 이탈리아의 벨칸토 오페라 작곡가 도니체티(G. Donizetti, 1797~1848)도 이탈리아식으로 이름을 수정한 오페라 대본으로 오페라 〈람메르무어의 루치아(Lucia di Lammermoor)〉를 1835년 공연했다.

존 밀레이의 유화 작품에서 신부는(오페라의 주인공을 따라 루치아로 부르도록 하자)는 강인한 표정의 남성과 팔짱을 끼고 매달리듯 겨우 서 있다. 그녀를 지탱하고 있는 근엄하면서도 강인한 표정의 젊은 남성이 루치아를 정략결혼 시키고자 한 오빠인지, 그녀의 사랑 에드가르도인지, 아니면 그녀의 남편인 아르투로인지는 확실치 않다. 다만 두 사람의 표정과 자세에서 연인인 에드가르도나 남편은 아니고 자포자기한 심정으로 결혼식을 앞둔 루치아를 에스코트하는 그녀의 오빠일 것이라고 짐작해본다. 우리는 루치아의 애처로운 낯빛과 불안정하고 텅 빈 눈동자에서 그녀의 절망과 고통을 느낀다. 이 표정은 결혼식을 치르려는 신부의 것이 아니다. 곁에 선 남성의 엄격한 무표정과 대비되어 더욱 안쓰럽게 보이는 루치아의 영혼은 곧 부서질 것만 같다.

오페라 〈람메르무어의 루치아〉에서 루치아는 결혼을 약속한 연인을 두고도 가문을 위한 오빠의 계략으로 원치 않는 결혼식을 치르게 된다. 그러나 결혼식장에 들이닥친 연인 에드가르도는 그녀가 배신했다며 오해하고 비난을 퍼붓는다. 충격과 절망을 견디지 못한 그녀는 첫날밤 신방에서 신랑을 칼로 찌르고 피투성이가 된 손과 피범벅이 된 옷차림으로 결혼 피로연을 즐기고 있는 하객 앞에 나타난다.

루치아는 황홀하고 멍한 표정으로 에드가르도와 아름다웠던 시절을 회상하다가 사제 앞에서 연인과 결혼식을 올리는 환상에 빠진다. 이때 부르는 아리아가 바로 유명한 '광란의 아리아'이며 루치아가 서서히 미쳐가는 이 장면을 매드 씬(Mad scence)이라 부른다. 제정신을 잃고 착각에 빠져 비틀대는 그녀를 하객은 차마 보지 못하고 동정하는데 그녀가 미쳐 가면 갈수록 루치아의 노래는 절정의 기교를 향해 치닫는다. 인간의 한계를 뛰어넘는 고음 속에 플루트와 단둘이 주고받으며 펼치는 현란한 기교와 아름다운 선율은 벨칸토 오페라의 정수다.

과연 미친 여성이 아니고서야 악기에 가까운 이런 음성과 기교를 어떻게 토해내겠는가 하는 의문이 들 정도인데 이때 루치아 역의 소프라노는 테크닉과 더불어 자신의 참담함을 관객에게 호소하는 표현력까지 갖추어야 한다.

벨칸토 오페라가 풍미했던 낭만주의 시대는 동서양을 막론하고 철저한 남성 중심의 사회였다. 가부장적인 남성의 이해관계에 희생된 여성들을 주로 귀족계급으로 그려지고 있다. 여리다 못해 나약하기 그지없는 귀족 출신 여인이 시대에 저항하는 유일한 방법이 곱고도 가련하게 '미치는 것'이라 생각하니 안타까울 뿐이다.

존 밀레이(John Everett Millais, 1829~1896)
<램머무어의 신부(The Bride of Lammermoor)>, 1878

이 세상에서 내가 쓴 베일에는
쓰디쓴 눈물만이 흐를 뿐.

Aria 07
어떤 갠 날

푸치니,
오페라 <나비부인>

돌아오지 않는 남편을 기다리며 부르는 '어떤 갠 날(Un bel di, vedremo)'은 그 결말이 어찌 될 줄 알기에 더없이 가슴 아픈 아리아다. 아련한 표정으로 꿈꾸듯 노래하는 쵸쵸상은 일본 여성이다. 15살 어린 나이에 미국인 남편을 맞이했지만 그는 곧 떠나 버리고 그의 아들을 홀로 낳았다. 항구도시 나가사키에 사는 그녀는 그날부터 행여 남편을 태운 배가 돌아올까 하는 마음에 바다를 바라보며 하염없이 기다린다.

"어떤 갠 날, 연기가 피어오르고 바다 저 멀리에서 배가 나타나네요. …(중략)… 보이나요? 그가 왔어요! 나는 바로 만나러 가지 않고 언덕에 숨어있을래요. 얼마나 길든 상관없어요. 그렇지 않으면 반가움에 죽을지도 모르니까. …(중략)… 그는 이렇게 꼭 돌아올 거예요, 그럴 거예요. 다른 사람들은 걱정하지만 나는 걱정하지 않아요. 믿고 기다릴 테니까요!"

돌아오지 않는 남편을 의심하는 주변, 그리고 자신에게 다시 한번 다짐하듯 이렇게 부르는 노래가 오페라 나비부인(Madama Butterfly)의 유명한 아리아 '어떤 갠 날'이다. 언젠가 남편을 태운 배가 들어오면 일어날 일을 기쁘게 상상하며 하루하루를 살아가는 나비부인에게 기다림은 살아야 할 이유였으리라. 이 아리아가 슬픈 것은 그녀의 바람이 이뤄지지 못할 것이라는 것을 관객은 이미 알고 있기 때문이다.

오페라 1막에서 그녀의 미국인 남편이 될 해군장교 핑커튼은 아직 식도 올리기 전에 '나는 미국 여자와 정식으로 결혼할 것'이라며 오늘 일본 여성과 하는 결혼의 의미를 확실히 해둔다. 그런 미국인 남편의 속내를 아는지 모르는지 어린 나비부인은 그의 마음에 들기 위해 최선을 다하고, 남편을 사랑하며 오랜 시간 믿고 기다리는 모습을 보인다. 사람들은 그녀의 지조에 감동받지만 어쩌면 그것은 어쩔 수 없는 선택이었는지 모른다. 이미 몰락한 집안의 어린 게이샤인 그녀는 주변에서 손가락질하는 외국인 남편을 맞이했고 보수적인 친정과는 절연 지경에 이르렀다. 남편이 돌아오지 않아도, 버림을 받더라도 쵸쵸상은 기다리는 것 말고는 할 수 있는 것이 없을 뿐만 아니라 갈 곳도 없는 것이다.

어떤 갠 날 항구의 대포 소리와 함께 결국 남편은 돌아온다. 그러나 환희에 찬 그녀 앞에 나타난 모습은 정식으로 결혼한 미국인 부인과 함께였다. 아이는 맡겠다는 그들에게 나비부인은 힘없이 동의하고 잠시 후 데리러 와주기를 요청한다. 아이를 핑커튼 부부에게 맡기기로 결심한 그녀는 수치스럽게 사느니 명예롭게 죽는 쪽을 택하며 자결한다.

나비부인은 자신을 버린 남편에게 단 한마디의 원망도 미움도 비치지 않는다. 스스로 기구한 운명을 탓하며 생을 마감해 버린 그녀에게 관객 특히 서양 관객은 안타까움과 커다란 연민을 느낀다. 이 작품의 작곡가 푸치니는 그의 수많은 오페라 속 여성 캐릭터 중에서 나비부인을 유독 사랑했다고 한다. 영국에서 작품의 원작인 연극을 관람한 그는 이 순애보적인 여성 캐릭터에 반해 오페라로 만들 것을 결심한다. 실제로 푸치니는 일본은 물론이고 아시아 대륙 근처에도 와 본 적이 없었지만 〈나비부인〉 뿐 아니라 고대 중국의 이야기를 다룬 〈투란도트〉 등 동양의 음계와 소재를 활용한 이국적인 멜로디의 오페라를 내놓았다.

사실 여기에는 큰 함정이 있다. 당시 유럽 사회는 일본 문화에 대한 동경과 호기심으로 가득 차 있었다. 우키요에로 촉발된 자포니즘(Japonism)은 화가뿐 아니라 유럽 지식인 사회에서 큰 붐을 이뤘다. 이국적인 일본의 미학과 예술은 유럽 예술가에게 큰 영감을 주었고 많은 소재를 제공했으며, 이들은 가본 적도 없는 일본의 문화를 선망하고 칭송했다. 특히 고흐는 안도 히로시게의 우키요에 몇 작품을 그대로 모사했고 모네(Claude Monet, 1840~1926)는 기모노를 자신의 부인에게 입힌 작품을 선보이기도 했는데 그 작품이 바로 1876년에 발표한 〈기모노를 입은 카미유〉이다. 이 작품은 모델이 화려한 기모노를 입었을 뿐 아니라 배경도 일본화가 그려진 일본의 부채들이다. 동양 의상을 걸치고 신기하고 재밌어하는 여인과 일본 문양에 대한 섬세하고 호의적인 묘사가 인상적인 작품이다.

그림이나 오페라 같은 예술작품이 미친 영향은 실로 지대했다. 그로부터 불과 몇 십 년 뒤 일본은 2차 세계대전을 일으킨 강력한 군사대국이 되었음에도 불구하고, 아직도 유럽 사회는 일본을 생각하면 보호본능을 불러일으키는 연약한 아이 같은 존재를 떠올린다. 가련하고 아름다운 나비부인의 이미지는 일본의 이미지와 직결되었다. 예술이든 사람이든 첫인상이 중요하다는 것은 공통된 법칙인가 보다.

어떤 갠 날

클로드 모네(Claude Monet, 1840~1926)
<기모노를 입은 카미유(Camille Monet in a Japanese Costume)>, 1876

봄날의 벚꽃처럼 스러진 나비부인의
애달픈 절규

어떤 갠 날

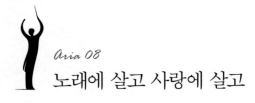

Aria 08

노래에 살고 사랑에 살고

| 푸치니,
| 오페라 토스카(Tosca)

　알폰스 무하(Alphonse Mucha, 1860~1939)는 지금은 체코인 모라비아 출신의 화가이다. 모라비아는 체코 동부지역으로 독자적 왕국을 건설했으나 1918년 슬라브 민족운동의 결과로 보헤미아와 함께 체코슬로바키아를 구성하는 일원이 된 지역이다. 그러니까 무하는 동유럽인인 셈이다. 그는 동유럽 사람이지만 프랑스 파리를 근거지 삼아 활동했다. 무하가 머물던 19세기 말의 파리는 벨 에포크(bell epoque)라 불리는 아름다운 시절이었다. 과학의 발달과 산업화에 따른 물질적 풍요는 화려

한 볼거리 넘치는 향락을 불러왔다. 다가오는 세기에 대한 꿈과 희망으로 들뜬 거리의 빛은 찬란했으나 세기말의 불안을 담은 도시의 뒷골목은 지극히 어두웠다.

체코 시골 출신 무하는 그런 시기의 파리에 와서 위대한 예술가를 향한 꿈을 키우고 평범한 일러스트레이터로서 근근이 생계를 이어갔다. 그런 무하의 예술인생이 1894년 크리스마스를 기점으로 갑자기 달라지게 되는데 크리스마스에 고향으로 돌아갈 수도 없고 휴가 갈 형편도 못 돼 텅 빈 파리에 남았던 그에게 당대 최고의 여배우인 사라 베르나르의 석판화 연극 포스터를 그려달라는 제안이 들어온다. 만약 다른 작가가 이 도시에 있었다면 결코 들어올 수 없었던 주문이었다.

무하는 동유럽 분위기의 이국적인 감성과 비잔틴의 섬세한 문양을 넣어 이전까지 볼 수 없었던 독특한 포스터를 만들어 낸다. 포스터 이미지를 위해 사라 베르나르의 무대를 직접 본 무하는 큰 감동을 받았고 그 감동을 그대로 반영한 포스터를 만들었지만 막상 사라의 평가를 무척 걱정했다고 한다. 다른 작가의 포스터를 계속 퇴짜 놓으며 까다롭게 굴었던 사라 베르나르는 탁월한 안목과 감각의 소유자였다. 그녀는 무명 체

코 삽화가의 포스터를 보고 크게 맘에 들어 했고 무하의 섬세
하고 장식적인 스타일은 사라 베르나르뿐 아니라 파리 관객의
큰 호응을 얻었는데 그가 베르나르를 위해 만든 첫 석판화 포
스터인 연극 〈지스몽다〉 포스터의 경우, 파리 시민들이 벽에
붙은 포스터를 모조리 떼어가는 소동을 겪기도 하고 추가 인
쇄까지 하는 등 큰 반향을 일으켰다.

34세의 젊은 무하는 톱스타 베르나르의 연극 포스터 작업
과 의상 디자인까지 담당하며 엄청난 스타작가로 부상한다.
이후 무하는 베르나르의 포스터 작업 외에도 자신의 개성을
마음껏 발산할 수 있는 많은 디자인과 작품을 남기며 아르누
보 스타일을 대표하는 작가로 남게 되지만 알폰스 무하를 생
각할 때 사라 베르나르의 연극 포스터를 떼놓고 생각하기는
어렵다.

그가 베르나르와 작업했던 연극 포스터 중에 프랑스의 유명
극작가인 빅토리앙 사르두가 그녀를 위해 쓴 연극 〈라 토스카
(La Tosca)〉가 있다. 포스터 속 토스카는 플로리아라는 이름에
걸맞게 한 꽃을 한 아름 안고 서 있다. 포스터의 주인공이 사
라 베르나르였기 때문에 무하는 그녀의 외양을 그대로 살리면

서도 토스카만의 특징을 선명하게 묘사했다. 무하가 작업한 모든 연극 포스터는 사라 베르나르를 모델로 하고 있다. 그러나 각기 다른 이미지를 보여주고 있는데 이는 그가 등장인물의 캐릭터를 세밀하고 철저히 분석했기 때문일 것이다. 이 포스터 역시 극의 시대 배경에 맞게 엠파이어 스타일의 드레스에 숄을 두른 채 이국적인 문양 앞에 서 있는 당당하고 개성 강한 토스카의 모습을 그대로 드러내고 있다.

원작자 사르두는 처음부터 이 작품을 오페라로 만들고 싶어했기에 먼저 작곡가 베르디에게 작품을 의뢰했다. 베르디는 이 매력적인 작품을 작곡하기에는 자신이 너무 나이 들었다며 젊은 푸치니를 추천했다고 한다. 처음에 작곡을 거절했던 푸치니는 1889년 연극 〈토스카〉를 보고 큰 감명을 받았다. 여러 우여곡절을 거치면서 결국 연극 〈토스카〉는 오늘날 그보다 더 유명해진 푸치니의 오페라 〈토스카〉로 거듭났다.

오페라 〈토스카〉에서 토스카는 자신이 갑작스럽게 절망적인 처지가 되자 아리아 '노래에 살고 사랑에 살고(Vissi d'arte, vissi d'amore)'를 부른다. 늘 성모 마리아의 제단에 꽃을 바치고 기도를 드리는 신앙 넘치는 삶을 살며 다른 이에게 해로운 짓 한번 한 적 없이 오로지 나의 예술과 사랑만을 위해 성실히 살아온 제게 왜 이런 고난을 안겨주시느냐는 고통과 탄식의 아리아다. 이 아리아는 극 중에서도 로마 제일의 소프라노인 토스카가 격정과 원망을 토해내는 곡이기 때문에 최고의 리릭 소프라노 아리아 중 하나로 꼽힌다. 이 곡에 담긴 내용과 작품의 결말도 원래 토스카가 가진 성격답게 강렬하게 나타난다.

그녀는 상황에 힘없이 굴복하기보다는 스스로의 운명을 선택한 주체적이고 적극적인 여인이었다. 아름답지만 결기가 느껴지는 무하의 〈토스카〉는 이런 그녀의 캐릭터를 제대로 그려냄으로써 장르에 관계없이 작품 〈토스카〉를 상징하는 하나의 아이콘으로 남게 되었다.

알폰스 무하(Alphonse Mucha, 1860~1939)
<라 토스카(la tosca)> 포스터, 1899

노래와 사랑에 목숨을 걸었던 불꽃 같은 여인의
마지막 하루

Aria 09
의상을 입어라

레온카발로,
오페라 <팔리아치>

유럽에서 성모 승천 축일은 여름의 절정인 8월 15일이다. 예수의 어머니인 성모 마리아가 천국으로 떠난 것을 기념하기 위해 유럽 각국에서는 여러 축제를 열어 이날을 축하해왔다. 예수 그리스도와 성모 마리아를 향한 숭배와 사랑은 신분의 귀천을 따지는 것이 아니어서 이 무렵은 가난한 서민이나 시골 사람에게도 즐겁게 축제를 즐기고 여러 구경을 할 수 있는 좋은 기회였다.

옛날 명절이나 장날에 맞춰 사람이 많이 모이는 곳을 떠돌던 우리의 남사당패처럼 이탈리아에도 시골 마을 이곳저곳을 돌아다니며 공연을 하는 유랑극단이 많이 있었다. 이탈리아의 작곡가 레온카발로(R. Leoncavallo, 1858~1919)의 단막 오페라 〈팔리아치(pagliacci)〉는 이 유랑극단에서 벌어진 일을 다룬 작품이다. 팔리아치란 광대를 뜻하는 이탈리아어 팔리아쵸의 복수형으로 유랑극단 무대에 서는 광대들의 이야기를 하고 있다. 당시 광대란 동서양을 막론하고 천시의 대상이었기 때문에 상대적으로 하층계급인 서민이나 농민도 이들을 무시하고 얕잡아 보기 일쑤였다.

　무더운 여름날 성모승천일 축제를 맞아 마을로 흘러들어온 유랑극단의 단장 카니오는 오늘 저녁 공연을 앞두고 호객행위에 한창이다. 그런데 그의 젊은 부인 넷다가 마을 청년과 바람이 나고, 이를 알게 된 카니오는 분노에 치를 떨면서도 공연을 준비한다. 언제 어디서든 광대인 본분을 잊을 수는 없다는 듯 분장을 하는 그는 한스러운 마음을 '의상을 입어라(Vesti La giubba)'라는 격정적인 아리아에 담아 토해낸다.

　부인이 다른 사내와 바람이 났다는 것을 알면서도 노여움과 슬픔을 억누르며 무대에 서야 하는 자신의 신세를 자조적으

로 노래한 이 곡은 드라마틱 테너의 최고의 아리아라고 꼽힐
만한 곡이며 인간의 감정을 가장 적나라하게 드러낸 노래 중
하나이기도 하다. 허탈하게 웃다가 다시 울부짖기를 반복하는
격렬한 감정 표현으로 유명한 이 곡은 어렵기로도 소문난 곡
이지만 그만큼 테너들의 사랑을 받는 아리아이다.

> 의상을 입어라, 하얀 분을 발라라!
> 손님들은 여기에 돈을 내고 웃으러 온다. …(중략)…
> 고통이 치솟으면 익살로 바꿔라.
> 서러움으로 가슴이 아프면 찡그린 얼굴로 바꿔라.
> 아, 웃어라! 팔리아쵸!

아내를 뺏기고도 억지로 웃어야 하는 광대의 비애가 절절히
느껴지는 구절이 아닐 수 없다. 이토록 자신을 다스리며 무대
에 오른 카니오지만 뜨거운 여름밤의 열기 속에서 극의 내용
과 현실을 혼동한 그는 결국 아내와 그의 정부를 칼로 찔러
죽이고 만다. 유랑극단의 유쾌한 희극이 피비린내 나는 현실
의 비극으로 막이 내린 셈이다.

이렇게 서민이나 하층계급의 삶을 가감 없이 묘사하는 오페
라를 사실주의(베리스모, Verismo) 오페라라고 하는데 마스카니

(P. Mascagni)의 오페라 〈카발레리아 루스티카나(Cavalleria Rusticana)〉를 시작으로 푸치니(G. Puccini)의 여러 오페라에서 이 같은 경향을 볼 수 있다. 귀족이나 영웅 같은 고귀한 신분을 가진 등장인물을 배제한 채 어떤 대의명분이나 가치와 상관없이 오로지 열정과 본능에 따라 행동하는 인간 군상을 묘사한 사실주의 오페라는 베르디(G. Verdi) 이후 이탈리아 오페라의 특징이 되었다. 그런 단순한 열정을 가진 인물을 표현하다 보니 음악 역시 철학적이거나 심오하기보다는 감성적이고 극적이어야 했고 비루하지만 끈질긴 생명력으로 살아가는 민중의 삶을 담아내야 했다.

오페라에서 이런 사실주의적 경향은 프랑스 예술의 영향을 받은 바가 크다고 할 수 있는데 프랑스 대혁명과 혼란한 제정 시대를 거치면서 더욱 많은 변혁을 겪게 된 하층민의 삶에 많은 예술가가 주목했고 문학에서는 에밀 졸라(Emile Zola)와 같은 작가가, 미술에서는 쿠르베(G. Courbet)나 도미에(H. Daumier) 같은 화가가 등장해서 미화된 영웅이나 귀족이 아닌 노동자와 서민의 모습을 사실적으로 그려내기 시작했다. 그렇다 보니 작품의 색깔은 어둡고 초라했을망정 그들의 진솔한 모습은 자연스러웠다.

　오노레 도미에(Honoré Daumier, 1808~1879)가 그린 작품 〈곡예사의 퍼레이드〉도 마찬가지다. 광대 복장을 하고 여러 가지 악기를 동원해 열심히 손님을 끌려고 하는 그들의 표정은 웃고 있지만 마냥 밝지만은 않다. 타인 앞에서 평생 광대로 살아가는 이들의 얼굴 위로 흐르던 페이소스를 놓치지 않는 것, 그것이 사실주의 예술가의 임무가 아니었을까?

오노레 도미에(Honoré Daumier, 1808~1879)
<곡예사의 퍼레이드(Parade de saltimbanques)>, 1878

사실주의 예술가에게 포착된 하층민들의
비애 가득한 삶

의상을 입어라

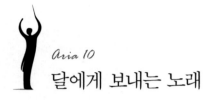

Aria 10

달에게 보내는 노래

| 드보르자크,
오페라 <루살카>

  안토닌 드보르자크(A. L. Dvořák, 1841~1904)는 체코를 대표
하는 작곡가다. 그는 슬라브 민족과 체코인의 정서를 담은 수
많은 작품을 남겨 체코의 민속음악 선율을 세계적으로 널리
알렸다.

  그는 <신세계> 교향곡을 비롯해서 많은 교향시와 여러 가
지 빼어난 기악곡을 작곡해 명성을 날렸지만 오페라에서는 별
로 신통한 작품을 남기지 못했다. 드보르자크는 체코 음악의
아버지로 불리는 스메타나(B. Smetana)처럼 오페라 작곡가로

서도 성공하고 싶어 했으나 오늘날까지 사람들의 기억에 남는 것은 슬라브 민족 설화에 나오는 물의 요정 '루살카'의 이야기를 체코어로 쓴 오페라 〈루살카(Rualka)〉뿐이다.

이 〈루살카〉도 세계적으로 자주 공연되는 오페라는 아니지만 동화처럼 환상적인 이야기와 너무도 아름다운 선율의 아리아 때문에 유명한 작품이다. 이 작품은 체코판 '인어공주'라고 불릴 만큼 안데르센의 동화 인어공주와 내용이 유사하다. 유럽 대륙의 갖가지 설화와 전설은 많은 부분 일치하는 경우가 많고 자신들 민족 설화나 신화에 어울리도록 발전해 왔기 때문에 인어공주의 체코 버전이라고 생각하면 될 듯하다.

오페라의 타이틀인 주인공 루살카는 물의 요정이다. 그녀는 인간인 왕자에게 사랑을 느끼고 그와 사랑을 이루기 위해서 자신의 목소리마저 희생해가며 인간으로 변신한다. 이후의 내용 역시 인어공주와 마찬가지로 결국 버림받은 루살카가 비극적인 죽음을 맞이하는 것으로 끝나는데 그녀를 배신했던 왕자가 자신의 죄를 뉘우치고 루살카처럼 죽음을 택하는 것이 기존 인어공주 이야기와 차별점이다.

왕자에게 한눈에 반한 루살카는 자신의 운명을 거슬러 그와 같은 인간이 되기를 염원하고 밤하늘의 달을 향해 노래를 부른다(Mesicku na nebi hlubokém). 밤의 세상을 비추며 떠도는 달에게 혹시 왕자를 보게 되거든 그를 비춰 자신의 애타는 사랑을 전해달라는 루살카의 사랑 고백은 보헤미아의 민속음악이 느껴지는 이국적인 선율과 서정성 넘치는 아리아에 담겨 메아리친다.

세상을 비추는 은빛 달님에게 루살카가 토로하는 절절한 사랑의 고백은 멜로디의 아름다움도 아름다움이지만 여주인공의 사랑이 이토록 순진무구하게 표현된 내용이 드물다는 점에서도 눈길을 끈다. 요정이기 때문에 인간 세상의 물정을 모르는 그녀는 왕자에 대한 연모의 감정으로 애태우는 순진한 처녀인 반면 인간 처녀에게는 찾아볼 수 없는 맹목적인 야생의 본성이 살아있는 묘한 매력의 소유자다.

사랑하는 이를 향한 루살카의 심정은 노래에 그대로 드러나 있는데 인간 왕자를 향한 물의 요정의 수줍지만 뜨거운 사랑이 아리아의 우아하고 서정적인 선율에 잘 녹아있어 음악만을 듣고도 달빛이 비치는 밤의 정경을 잘 연상할 수 있다. 이 아리아는 체코어로 노래해야 하고 음정 간 폭이 넓은 데다 요정의 순수함과 사랑의 벅찬 감정을 동시에 보여줘야 하기 때문에 상당한 난이도를 요구한다. 그러나 잘 소화해냈을 때 그만큼 관객에게 큰 감동을 선사하기에 이 곡이 오페라뿐 아니라 갈라 콘서트 무대에서 많은 리릭 소프라노의 사랑을 받는지도 모르겠다.

루살카가 밤하늘을 우러러 눈을 반짝이며 노래할 때, 그녀를 내려다본 달빛은 노래에도 나온 것처럼 은빛이었다. 흔히 태양은 금빛, 달은 은빛이라고 말한다. 예로부터 동, 서양을 막론하고 밤은 여자의 시간이고 달은 여성성을 상징해왔다.

루살카도 어머니 같은 달을 향해 수줍게 자신의 마음을 고백하고 쉽게 허락되지 못하는 상황을 위로받고 싶었을 것이다. 그녀를 포근하게 감싼 달빛은 푸른색이 감도는 은빛이되, 차갑지는 않았을 것 같다. 세상의 모든 번민이나 고뇌를 다 받아줄 수 있는 너그러움, 그런 넉넉함은 어쩌면 냉철한 이성을 가진 서양화가의 붓끝에서 나오기는 어려운 것인지도 모른다. 수화(樹話) 김환기(1913~1974)는 우리 민족의 정서를 추상적이고 간결하게 서양화에 담아 세계인의 공감을 얻었던 화가였다. 그는 '환기블루'라는 이름이 붙을 정도로 작품에서 유독 푸른 계열의 색을 많이 사용했는데 그의 푸른빛은 한없이 청아하고 정갈하지만 차갑거나 어둡게 느껴지지 않는 것이 특징이다. 그가 1958년에 그린 작품 〈사슴〉도 마찬가지다. 모든 것이 내려앉은 고요한 달밤, 교교한 달빛은 그 앞에 오롯이 서 있는 사슴을 은은하고 몽환적으로 감싸고 있다. 루살카가 왕자 앞에 처음으로 모습을 빌어 나타난 동물도 숲속의 사슴이었다.

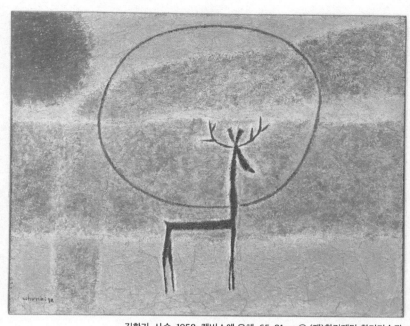

김환기, 사슴, 1958, 캔버스에 유채, 65x81cm ⓒ (재)환기재단·환기미술관

김환기(1913~1974)
<사슴>, 1958

은은한 달빛에게 고백하는
사랑의 마음

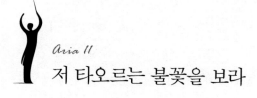

저 타오르는 불꽃을 보라

베르디,

오페라 <일 트로바토레>

화형, 영아 살해, 유괴, 자살, 복수, 형제 살인…. 베르디(G. Verdi)의 오페라 <일 트로바토레(Il Trovatore)>는 이 모든 끔찍한 내용을 담고 있는 작품이다. 15세기 스페인 내전의 혼란스러운 상황을 배경으로 한 이 오페라는 베르디의 작품으로는 드물게 어머니와 아들의 이야기를 초점을 맞추고 있다. 귀족 가문에서 태어났지만 집시에게 유괴당해 자라난 만리코는 서로를 알아보지 못하는 친형과 정치적으로 칼을 겨누는 정적이 되고 동시에 한 여자를 사이에 둔 연적이 된다. 작품의 시작부터 앞으로 전개될 음울한 비극을 예고하는 이 작품은 결국 주인공의 대부분이 죽음을 맞이하는 것으로 끝을 맺는다.

만리코는 당시 유럽 사회를 풍미하던 음유시인이자 기사이다. 집시 틈에서 험하게 자랐으되 사실 그는 고귀한 귀족 신분으로 자신을 유괴한 집시여인 아주체나를 어머니로 알고 자랐다. 귀족의 후예답게 만리코는 문학과 음악, 무술에 모두 능한 젊은이로 성장한다. 그의 이러한 천품은 오히려 만리코를 비극적 운명으로 이끌고 만다. 그에게 그런 자질이 없었다면 집시 무리에서 천한 일이나 하고 살았을망정 천수를 다할 수도 있었을 텐데 말이다. 귀족 처녀 레오노라는 음유시인 만리코와 만나 한눈에 사랑에 빠지게 되고 공교롭게도 만리코의 숨겨진 친형 루나 백작은 레오노라를 짝사랑하고 있다.

세 사람은 거듭되는 오해와 음모, 복수 속에 모두 시련을 겪으며 상처를 입고 서서히 광기와 열정을 구분하지 못하는 지경으로 변해간다. 그리고 또 한 사람의 주요배역인 아주체나는 이미 정신이 온전치 못한 집시여인으로 그려지고 있다.

갖은 난관을 이겨내고 레오노라와 사랑을 확인하며 결혼식을 준비하는 만리코에게 갑작스러운 소식이 들려온다. 어머니가 루나 백작에게 붙잡혀 화형을 당할 위기라는 것. 방금 전까지 레오노라에게 사랑의 맹세를 하며 달콤한 노래를 불러주던 만리코는 멀리 어머니를 화형 시키려 준비된 장작더미의 불꽃을 보는 순간 돌변한다.

베르디의 음악 역시 감미롭기 그지없던 카바티나(cavatina)에서 격렬한 흥분으로 자신을 주체하지 못하는 카발레타(Cabaletta)로 급반전한다. 이것이 바로 '사랑스러운 나의 그대여(Ah! si, ben mio)' 뒤에 따라 나오는 아리아 '저 장작더미 위의 타오르는 불꽃(Di quella pira)을 보라'이다.

이때 만리코는 어머니를 걱정하는 아들의 모습을 넘어서 공포에 가까운 초조함마저 보인다. 레오노라를 버려두고 '나는 당신의 연인이기 이전에 그녀의 아들이었다. 어머니를 구하지 못하면 그 옆에서 죽겠다'는 노래를 격정적으로 토해내며 부하를 독려하는 그의 모습은 당황스러울 정도다. 물론 어머니를 구하겠다는 아들의 효심이 엿보이는 대목이기도 하지만 타오르는 불꽃을 본 뒤 달라진 만리코는 이미 이성을 잃은 상태다. 그는 그 불꽃에서 유괴됐던 어린 시절의 기억을 본 것이 아닐까?

아주체나의 어머니인 집시 노파는 선대 루나 백작에게 억울하게 화형을 당한다. 아주체나는 어머니의 복수를 위해 백작의 아기를 유괴해 어머니가 화형당하고 있는 빨간 불구덩이 속으로 함께 던져 넣는다. 그러나 정신을 차리고 돌아보니 불구덩이로 던진 것은 백작의 아기가 아니라 자신의 아기였다. 아주체나는 백작의 아기를 데리고 산으로 도망친다. 백작의 아들인 만리코는 그렇게 빨간 불꽃이 이글대는 화형대 옆에서 살아남아 집시의 아들로 자란 것이다. 기억조차 못 하는 어린 시절에 내재된 공포는 화형대의 불꽃을 보자 다시금 되살아나 만리코를 광기에 사로잡히게 했는지 모른다.

베르디는 이 순간의 음악을 호기롭고 당당하게 표현하고 있는데 선율은 단순하지만 음정은 고음역대에서 계속 머무르기 때문에 듣는 이에게는 매우 긴장되고 선동적으로 들린다. 게다가 테너에게 고난이도인 하이 C음을 강하게 내지르는 마무리에서 음악 자체로도 만리코의 흥분과 비정상적인 상태를 느낄 수 있다.

만리코는 불꽃과 어머니에 대한 마음으로, 형 루나 백작은 정적에 대한 질투로, 레오노라는 사랑하는 이를 위한 희생으로, 아주체나는 불타는 복수심으로 모두 광기에 사로잡힌다.

이성을 잃어버린 마음은 폭주기관차처럼 제멋대로 질주하고 더 큰 재앙을 부른다.

스페인 화가 고야(F. Goya, 1746~1828)의 작품 〈1808년 5월 3일의 마드리드(Execution of the Defenders of Madrid, 3rd May, 1808)〉는 나폴레옹 시대 스페인을 침략한 프랑스 군인과 마드리드 시민 사이에 일어난 피의 복수전을 묘사한 작품이다. 어둠 속에 뒷모습을 보이며 총을 겨누고 있는 프랑스 군인과 공포에 질린 채 두 팔을 올린 스페인 양민의 모습은 램프를 사이에 둔 명암만큼이나 강한 대비를 이룬다. 만리코의 노래처럼 원한은 복수의 불꽃이 되어 타오르고 복수는 또 다른 복수를 부른다. 당시 스페인의 궁정화가였던 고야는 지배자인 프랑스 귀족의 초상화를 그리는 기회주의자적인 모습과 복수의 광기에 사로잡혀 이성을 잃고 학살이 자행되는 순간을 적나라하게 묘사하는 역사의 증인으로서의 모습을 함께 남기고 있다.

애초에 권력자였던 아버지 루나 백작이 집시 아주체나의 무고한 어머니를 화형 시키지만 않았어도 일어나지 않았을 참혹한 비극. 힘없이 죽어간 사람의 사무친 원한은 대를 넘어서야 끝을 맺는다.

저 타오르는 불꽃을 보라

프란시스코 호세 데 고야 루치엔테스(Francisco Jose de Goya y Lucientes, 1746~1828)
<1808년 5월 3일의 마드리드(Execution of the Defenders of Madrid, 3rd May, 1808)>, 1814

복수의 불꽃이 되어
타오르는 원한

저 타오르는 불꽃을 보라

Aria 12

내 이름은 미미, 봄날의 첫 햇살은 제 것이에요

| 푸치니,
| 오페라 <라 보엠>

　그림 속 여인은 정면을 멍하니 응시하고 있다. 그녀를 둘러싼 주변은 휘황찬란하고 소란스럽지만 그녀는 마치 홀로 진공 상태에 머무는 듯 공간과 격리돼 있다. 프랑스의 화가 마네(E. Manet, 1832~1883)가 그린 '폴리 베르제르의 바(A Bar at the Folies-Bergère, 1882)'를 보면 당시 파리의 유명 주점인 폴리 베르제르의 분위기를 느낄 수 있다.

　19세기 말로 접어든 파리는 이전 시대와는 비교도 할 수 없을 정도로 빠른 속도로 발전하고 있었다. 근대 유럽의 역사를 바꾼 두 가지 혁명인 프랑스 대혁명과 산업혁명으로 일어난 변화는 많은 인구를 파리로 몰리게 했고 자본주의의 발달은 오로지 가진 자와 못 가진 자라는 두 가지 계급으로 양분됐다. 그렇게 형성된 도시는 수많은 신흥 부르주아와 도시 빈민을 동시에 양산했다. 이같은 파리를 향해 많은 시골의 젊은이들이 꿈을 가지고 찾아왔다. 세상 물정에 어둡고 가진 것도 없는 젊은이가 냉정하기만 한 도시에서 자신의 꿈을 간직하며 살아남기란 여간 어려운 일이 아니었다.

그림 속 여인은 폴리 베르제르의 실제 여종업원인 쉬종이다. 그녀의 무심한 눈동자는 떠들썩한 주변 분위기와 대조적이기 때문에 더욱 허무해 보인다. 당시 주점이나 카페의 여급은 바텐더 역할을 하면서 손님에게 몸을 파는 행위를 공공연히 하기도 했다. 주점의 여급인 쉬종이 신분이 지체 높거나 부유한 집안의 딸은 아니란 것 정도는 짐작할 수 있는 일이다. 대도시 파리에서 의지할 데라고는 없이 혼자 힘으로 살아가야 했을 젊은 아가씨가 때때로 예쁘장한 자신에게 관심을 보이는 손님과 지내면서 그 대가를 받는 것은 뿌리치기 힘든 유혹이었고 어쩌면 크나큰 신분 상승까지 꿈꿨을지도 모르는 일이다.

내 이름은 미미, 봄날의 첫 햇살은 제 것이에요

그림의 배경인 거울을 보면 쉬종에게 적극적으로 뭔가를 얘기하는 손님과 몸을 기울여 대화를 나누는 그녀의 모습이 보인다. 기묘하게도 한 가운데 꼿꼿이 서 있는 정면의 쉬종과 거울에 비치는 쉬종은 다른 포즈를 취하고 있다. 화가는 실제 쉬종이 시끌벅적한 바에서 손님과 대화를 나누고는 있지만 정작 그녀의 내면은 정면에 보이는 것처럼 공허하고 무감각한 상태라는 것을 표현하려 한 것 같다.

쉬종은 큰 눈망울이 인상적인 금발 아가씨로 나름대로 고급스럽게 차려입고 꽃까지 꽂고 있지만 바를 짚고 있는 굵고 억센 팔목과 불그스레한 그녀의 손은 상당히 많은 고생과 노동에 시달린 것을 보여준다. 향락으로 들뜬 주점 한복판에 고독하게 서 있는 젊은 노동자계급 여성의 모습을 통해 마네는 근대화와 산업화가 진행되는 화려한 파리 모습과 씁쓸한 이면을 동시에 그리는 데 성공했다.

이처럼 19세기 후반 파리에는 무작정 상경한 젊은 아가씨도 많았고 성공을 꿈꾸며 파리에 모여든 가난한 청년도 많았다. 이들은 파리의 빈한한 지역에 모여 살면서 사랑에 빠지기도 하고 서로의 버팀목이 되기도 했다. 이런 젊은이들의 안타까운 사랑을 다룬 작품이 푸치니(G. Puccini)의 오페라 〈라 보엠(La Bohème)〉이다. 〈라 보엠〉의 1막은 파리의 옥탑방에서 우연히 만난 남녀가 첫눈에 사랑에 빠지는 순간을 너무나 낭만적으로 묘사한 음악으로 특히 유명하다.

가난한 시인 로돌포는 불을 빌리러 온 아래층 아가씨 미미에게 반해 그녀의 손을 덥석 잡고는 자기를 소개하는 아리아 '그대의 찬 손(Che Gelida Manina)'을 부른 뒤 그녀에 대해서도 말해 달라 조른다. 역시 로돌포에게 끌리는 미미도 수줍어하면서 자기에 대해 얘기하는 아리아 '내 이름은 미미(Si, Mi chiamano Mimi)'를 노래한다. 여기서 미미는 자신은 미미라고 불리지만 본명은 루치아라고 노래하는데 이것은 그녀가 사실 미미라는 애칭으로 몸을 팔아 부르주아의 후원을 받으며 살아가기도 하는 여성임을 솔직하게 밝히는 순간이기도 하다. 파리에서 가진 것 없이 살아가는 젊은 여성이라 할지라도 미미는 마네의 그림 속 쉬종과 다르다. 쉬종은 생명력이 느껴지는 강인한 육체를 가진 여성이지만 미미는 가난한데다 병약하기까지 하다. 게다가 그녀는 특별히 하는 일이 없이 집에서 수를 놓으며 지낸다고 말하는데 당시 궁핍한 젊은 여성이 집에서 수를 놓으며 지낸다고 하는 것은 본인이 무능력하다는 것을 입증하는 것과 같았다. 그러나 첫눈에 사랑에 빠진 로돌포에게 미미의 출신과 능력 따위는 아무래도 상관없었을 것이다. 오히려 그는 그럼에도 불구하고 '추위가 가고 나면 첫 번째 햇살은 제 거랍니다. 4월의 입맞춤도 제 것이에요'라고 아름답게 노래하는 그녀를 사랑스럽게 바라본다.

크리스마스이브에 황홀하게 시작된 두 연인의 애틋한 사랑은 가난과 생활고에 떠밀려 비극으로 끝을 맺지만 왠지 영혼이 비어버린 듯한 눈동자의 쉬종보다 짧은 순간이나마 진정한 사랑의 기쁨에 눈을 반짝이는 미미의 청춘이 더 아름답지 않은가?

에두아르 마네(Edouard Manet, 1832~1883)
<폴리 베르제르의 바(A Bar at the Folies-Bergère)>, 1882

가난 속에서도 찾아온
크리스마스 선물 같은 사랑

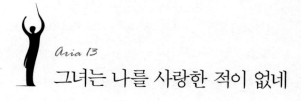

Aria 13

그녀는 나를 사랑한 적이 없네

베르디,
오페라 <돈 카를로>

스페인 펠리페 2세(Philip Ⅱ)의 왕자 돈 카를로의 마음은 번민으로 가득 차 있다. 왕자가 한눈에 반했던 약혼녀 엘리자베타 공주가 지금은 그의 새어머니가 되었기 때문이다. 원래 카를로 왕자와 약혼을 했던 동갑내기 엘리자베타 왕비 역시 졸지에 아들이 돼버린 사랑하는 사람과 한 궁전에서 얼굴을 맞대며 지내는 것이 너무도 괴롭다.

이들에게 이런 고통을 안겨준 사람은 바로 왕자의 아버지인 국왕 펠리페 2세다. 그가 두 번째 왕비인 영국 여왕 메리 1세가 죽은 뒤 재혼상대로 택한 사람은 바로 아들의 약혼녀인 프랑스 공주 엘리자베타였다. 그녀를 우연히 만나 이미 서로 사랑하고 있던 카를로 왕자는 부왕에게 강하게 반발하지만 왕의 명령을 거역하는 것은 역부족이다. 충격에 빠진 왕자가 아버지의 혼인이 성립된 뒤에도 마음을 잡지 못하고 비탄에 잠긴 나날을 보내는 것으로 오페라 〈돈 카를로(Don Carlo)〉는 시작된다.

아들의 약혼녀와 결혼했다는 역사적 사실을 바탕으로 하고 있지만, 펠리페 2세가 나이 어린 여성을 좋아한다든가 아들의 여자를 뺏는 패륜적 악취미를 가진 사람이었기 때문에 이 황당한 결혼이 성사된 것은 아니었다. 그에게는 그런 사사로운 감정 같은 것은 신경 쓸 겨를이 없는 절박한 이유가 있었다. 신성로마제국 황제의 자리까지 오른 아버지 카를로스 5세(Carolus V)가 벌였던 수많은 전쟁을 수습해야 했고 독실한 가톨릭인 자신의 종교에 반하는 이슬람교나 신교의 도전도 진압하기 위해 적대관계인 프랑스 왕가와 화친을 맺어 강력한 스페인의 군사력을 유지해야 하는 것이 펠리페 2세가 처한 상황이었다.

아들은 이런 아버지의 마음을 아는지 모르는지 반항을 하다 급기야 정치적으로도 대립각을 세우게 되고 부인으로 맞이한 어린 왕비는 좀처럼 그에게 마음을 열지 않는다. 이런 상황에 둘러싸인 펠리페 2세가 깊은 밤 서재에서 독백처럼 자신의 심경을 토로하는 아리아가 바로 '그녀는 나를 사랑한 적이 없네(Ella giammai m'amo)'이다.

베르디(G. Verdi)는 바리톤 베르디라고 불릴 정도로 바리톤에 대한 애정이 각별했다. 베르디 오페라에 등장하는 테너는 대부분 경박하거나 조급한 판단으로 일을 그르치는 인물로 나오는데 그에 비해 바리톤은 고뇌하는 신중한 인물로 관객들의 공감을 사기에 충분한 인물로 묘사된다.

펠리페 2세는 바리톤을 넘어서 베이스로 설정되어 심연을 울리는 듯 묵직하고 중후한 음성으로 그의 사무친 고독감을 절절히 표현한다. 이 곡은 단순히 나를 사랑하지 않는 왕비에 대한 안타까움만을 노래한 곡은 아니다. 안으로는 한없이 외로운 자신의 처지를 한탄하는 절대 권력자의 쓸쓸한 회한이 묻어나는 최고의 베이스 아리아 중 한 곡이다.

엄청난 힘을 온 유럽에 과시한 부왕 카를로스 5세에 대한 부담감은 그를 일에만 몰두하는 융통성 없는 왕으로 만들었다. 실제로 그는 하루 24시간이 모자랄 정도로 일과 서류에 파묻혀 살았으며 집무에 방해가 된다 해서 부부관계도 멀리 하는 삶을 살았다고 전해진다. 펠리페 2세가 조금이라도 유연 성을 가지고 주변을 둘러볼 줄 알았다면 아들의 약혼녀와 결 혼을 감행하는 무리는 하지 않았을 것 같다.

그의 머릿속에는 오로지 국정밖에 없었는데 그렇게 몰두하 다 주변을 돌아보니 이미 모두가 그에게서 등을 돌린 뒤였다. 펠리페 2세뿐 아니라 권력자의 주변에 사람들이 모여들고 무 소불위의 위치에 있다 한들 그것이 얼마나 허망하고 덧없는지 우리는 익히 알고 있다. 펠리페 2세는 그 쓸쓸함을 첼로의 어 두운 선율에 기대어 털어놓고 있다.

베네치아의 화가 티치아노(V. Tiziano, 1488~1576)는 르네상스 에서 바로크시대에 이르기까지 살았다. 그는 화가로서 매우 영예로운 일생을 보냈고 전 유럽에 명성을 떨친 그의 초상화 는 교황이나 왕 등 상류계급의 큰 지지를 받았다. 펠리페 2세 도 그의 주요 고객 중 하나였다. 펠리페 2세는 티치아노를 시 켜 그의 초상화를 시리즈로 여러 작품 남기게 했는데 여기에 수록된 작품은 비교적 그의 젊은 시절을 그린 초상화다.

그림 속의 펠리페 2세는 대대로 유전병이 있었던 합스부르크 왕가(Habsburg Haus)의 후손답게 합스부르크 립(lips)으로 불리는 주걱턱을 가지고는 있지만 야심차고 당당한 젊은 왕의 모습으로 서 있다. 고급스러운 갑옷을 입고 투구를 만지고 있는 그의 모습에서 신성로마제국의 황제로서 유럽 대륙을 지배하고자 하는 그의 야심을 느낄 수 있는데 오페라 〈돈 카를로〉에서 새벽까지 잠 못 이루며 고뇌와 회한에 빠져있는 나이 든 왕의 자취를 찾기란 어렵다. 아리아와 함께 이 초상화를 바라보며 펠리페 2세의 일생을 생각하노라면 누구나 갖고자 하는 권력이 주는 무게와 허망함을 조금은 짐작할 수 있다.

베첼리오 티치아노(Vecellio Tiziano, 1488?~1576)
<갑옷을 입은 펠리페 2세(Portrait of Philip II in Armor)>, 1550

가슴속 깊은 곳까지 사무치는
권력자의 절대 고독

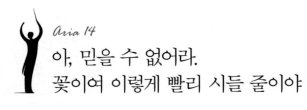

Aria 14

아, 믿을 수 없어라.
꽃이여 이렇게 빨리 시들 줄이야

벨리니,
오페라 <몽유병의 여인>

빈센트 반 고흐(V. Gogh, 1853~1890)의 작품 〈꽃 피는 아몬
드 나무(Almond Blossom)〉를 보면 전형적인 반 고흐 작품이
라고 하기에는 조금 낯선 느낌이 든다. 흔히 반 고흐의 작품에
서 느껴지던 불안함과 예민함은 사라지고 화폭 전체에 감도는
따스한 생명의 분위기는 평화스러운 안락함마저 선사한다.

아몬드는 우리에게 열매를 먹는 견과류로 잘 알려져 있지만
서양에서는 우리의 매화처럼 가장 먼저 봄소식을 전하는 꽃으
로도 유명하다. 이른 봄에 꽃을 피우는 꽃나무가 대개 그렇듯

이 아몬드 나무도 잎보다 꽃이 먼저 온다. 아몬드 꽃은 아직 겨울의 기운이 채 가시기 전 1월 말이나 2월 초에 모습을 드러내는데 고흐는 이 순간을 잘 포착해서 그가 심취했던 일본화의 느낌도 나게끔 섬세한 작품을 완성했다.

여리고 여린 아몬드 꽃이 피어난 가지는 푸른 하늘을 향해 팔을 벌리고 서 있다. 화가의 눈에 들어온 푸른 하늘은 미처 겨울의 공기를 지우지 못한 듯 선명하고 눈부신 푸른빛이 아니라 조금은 빛이 바랜 듯한 채도가 낮은 푸른색이다.

이렇게 수줍게 다가오는 봄의 대기를 표현한 〈꽃 피는 아몬드 나무〉는 빈센트 반 고흐에게 특별한 의미를 가진 작품이다. 잘 알려진 대로 빈센트와 테오 반 고흐는 남다른 우애를 지닌 형제였다. 이 시기 테오는 아들을 얻고 형의 이름을 따라 '빈센트'라고 이름 짓는다. 반 고흐는 이 소식에 큰 기쁨을 표하면서 아기의 탄생을 축하하고 동생 부부의 침대 머리맡에 걸어두기 위한 그림을 그리기 시작한다.

반 고흐는 테오에게 보낸 편지에서 이 작품이 내 그림 중에서 가장 공을 들여 그린 그림일 것이라며 아주 차분한 상태에서 그 어느 때보다 확고한 터치로 그렸다고 적고 있다. 반 고

아, 믿을 수 없어라. 꽃이여 이렇게 빨리 시들 줄이야

흐의 집안에 새로 태어난 새 생명을 축복하기 위해 생동하는 봄의 기운을 그린 이 작품은 역설적이게도 반 고흐가 죽기 몇 달 전에 완성됐다.

아몬드 꽃처럼 1월 말에 탄생한 아기의 소식을 듣고 그리기 시작한 그림을 완성하고 얼마 되지 않은 7월 26일, 밀밭에서 그림을 그리던 화가는 스스로를 쏘게 되고 이틀 뒤 죽음을 맞이한다. 사실 그 무렵 반 고흐는 더 잦은 발작에 시달렸고 심신은 갈수록 황폐해져 갔기 때문에 이 아름다운 〈꽃 피는 아몬드 나무〉를 그릴 때도 죽음은 반 고흐 곁에 한 걸음 더 가까이 와 있었을 것이다. 뒤이은 반 고흐의 죽음 때문에 조금은 서글프게 느껴지기도 하지만 그럼에도 불구하고 〈꽃 피는 아몬드 나무〉이 발산하는 은은하고 순결한 매력은 오늘날까지 우리를 사로잡는다.

벨칸토(bel canto) 오페라 중에서 특히 빈첸초 벨리니(V. Bellini, 1801~1835)의 오페라 여주인공은 아몬드 꽃처럼 청순하고 순진무구한 아가씨가 대부분이다. 벨리니의 1831년 작품인 오페라 〈몽유병의 여인(La Sonnambula)〉의 여주인공 아미나도 사랑스러움이 넘치는 순결한 매력의 처녀다. 벨리니는 스위스의 시골 마을이라는 배경과 몽유병이라는 특이한 소재를 가지고 환상적인 느낌의 전원목가극을 만들어냈다. 오페라에서 전원목가극이라고 하는 것은 소박한 전원이나 시골을 배경으로 일어나는 해프닝을 다루면서 주인공이 여러 가지 우여곡절을 겪은 끝에 행복한 결말을 맞는 것이 일반적이다.

아미나는 스위스 산골에서 내일이면 사랑하는 마을 총각과 결혼할 기쁨에 들뜬 아름다운 아가씨지만 그녀에게는 말 못 할 고민이 한 가지 있다. 그것은 바로 몽유병을 가지고 있다는 것인데 아미나의 몽유병은 그것을 모르는 약혼자와 마을 사람에게 여러 가지 오해를 불러일으켜 억울한 지경에 이르게 된다.

약혼자에게 버림받고 상심한 아미나는 다시 몽유병 증세로 캄캄한 밤길을 방황한다. 어둑한 밤하늘 아래 꿈속을 걸으며 카바티나(cavatina) '아, 믿을 수 없어라(Ah, non credea mirarti)'를 구슬피 부르는 그녀의 모습을 지켜보던 약혼자와 마을 사람들은 오해가 풀리고 아미나를 깨운다. 갑작스레 잠에서 깨어 상황을 알게 된 아미나는 카발레타(cabalette) '아, 내 마음속에 충만한 기쁨 (Ah, Non giunge)'으로 행복과 환희를 표현한다. 이처럼 벨칸토 오페라의 소프라노 아리아는 화려한 기교

아, 믿을 수 없어라. 꽃이여 이렇게 빨리 시들 줄이야

로 자신의 벅찬 감정을 드러내는 경우가 많았는데 이것은 마치 추운 겨울을 견디고 꽃망울을 터뜨리는 화사한 아몬드 꽃의 모습과 닮은 느낌이다.

빈센트 반 고흐(Vincent van Gogh, 1853~1890)
<꽃 피는 아몬드 나무(Almond Blossom)>, 1890

봄날의 아몬드 꽃처럼 아름답고 화사하게 피어나는
벨칸토 아리아의 정수

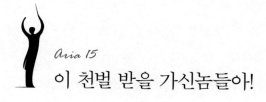

Aria 15
이 천벌 받을 가신놈들아!

베르디,
오페라 <리골레토>

현대 우리나라 미술계에 위대한 화가가 많지만 항상 뜨거운 관심 속에 있는 화가를 한 명을 꼽으라면 이중섭(1916~1956)이 떠오르지 않을까 싶다. 특히 그의 <소> 시리즈는 그 이전 한국 화단에서는 보기 어려웠던 역동성과 야성적인 느낌마저 드는 강렬함으로 후대 사람들을 사로잡고 있다. 이중섭의 <소>는 불끈거리며 금방이라도 치받을 것만 같은 기세의 몸놀림과는 달리 애수 어린 눈동자를 지니고 있어 연민의 정을 불러일으킨다.

그의 그림 속에는 화가로서 뛰어난 재능과 함께 복잡했던 조국의 현실에 휩쓸린 불우한 개인사가 녹아있다. 6·25 전쟁이라는 비극과 불안정한 예술가라는 직업은 그를 극심한 가난에 시달리게 했고 가난에 지친 부인과 아이들은 일본으로 떠났다. 그 뒤 그의 작품세계에는 가족을 그리는 애달픔이 항상 함께하게 된다.

〈소〉 시리즈에서 느껴지는 강한 기운은 소가 단순한 동물로 표현된 것이 아니라 작가가 세상에 미처 다 토해내지 못한 절규나 외침을 대변하는 것 때문으로 보인다. 그 소는 일제 강점기에서부터 6·25 전쟁까지 겪으며 고달픈 삶을 이어가야 했던 우리 민중의 모습일 수도 있고 그리스 신화 속 반인반수 미노타우로스의 비극적 모양일 수도 있다. 아니면 세상에 펼치고픈 예술혼을 억누르며 궁핍한 생활과 싸워야만 하는 작가의 자아일 수도 있을 것이다.

그의 〈소〉는 우리가 소에 대해 생각하는 기존의 이미지와 많이 달라 당혹스러운 기분이 든다. 이중섭의 그림에 등장하는 〈소〉는 어질어 보이지도 느긋해 보이지도 않는다. 그의 〈소〉는 대부분 길들여지지 않은 야성의 모습으로, 온몸에 힘이 잔뜩 들어가 어딘가를 향하고 있다.

반면 소의 움직임이 격렬하고 거센 만큼 눈동자는 한없이 슬프고 애잔하다. 아무것도 모르는 순수한 눈망울이 아니다. 오히려 모든 것을 다 짐작하고 있기에 안타깝고 서글픈 눈빛이다. 뜻대로 되지 않는 세상에 대한 원망과 답답함을 눈동자에 가득 담고 거친 숨을 몰아쉬는 〈소〉의 모양에서 우리는 이중섭의 좌절감을 엿본다.

자신의 의지와는 상관없이 흘러가는 세상에 대한 괴로움은 베르디(G. Verdi) 오페라 〈리골레토(Rigoletto)〉의 주인공 리골레토 역시 만만치 않을 것이다. 리골레토는 척추장애인으로 태어나 세상의 멸시와 모욕을 감내하며 궁중의 어릿광대로 살아가는 인물이다.

우리는 고정관념으로 때로는 편견으로 어릿광대같이 남을 웃기는 직업은 별다른 고뇌 없이 인생 자체도 익살맞고 하잘것 없을 것이라는 생각을 하곤 한다. 그러나 리골레토는 자신에 대한 세상의 멸시를 조롱이 가득 담긴 세 치 혀로 되갚아 주며 마음속에 칼을 품고 산다.

귀족의 부도덕함과 허영심을 몸소 느낀 그는 고이고이 길러

이 천벌 받을 가신놈들아!

온 소중한 딸을 세상과 완전히 세상과 완전히 격리시켜 살아가게 한다. 어둡기만 했던 리골레토의 인생에 한 줄기 빛처럼 찾아왔다 떠난 부인이 남겨주고 간 딸은 그의 삶의 전부다.

그토록 귀한 딸이 바람둥이 공작의 꼬임에 넘어가고 귀족들에게 납치당해 행방불명이 되었을 때 불쌍한 아버지 리골레토는 이미 모든 것을 짐작하면서도 어릿광대 차림으로 궁전으로 출근한다. 천연덕스럽게 귀족들을 떠보며 딸 질다의 행방을 찾으면서 부르는 아리아가 바로 '가신들, 이 천벌 받을 놈들아!(Cortigiani, vil razza dannata)' 다. 처음에는 시치미를 떼며 공작의 가신들과 신경전을 벌이던 리골레토는 점점 격분을 참지 못하고 그들을 향해 돌진한다.

눈먼 짐승처럼 포악하게 날뛰던 리골레토는 다시 무릎을 꿇고 사정하기 시작한다. 아버지의 마음이 아니고서야 도저히 이해할 수 없는 그의 행동은 장장 8분 가까이 드라마틱하게 펼쳐지고 리골레토 역을 맡은 바리톤은 분노와 애원, 비참함과 절망 같은 복합적인 감정을 모두 표현해야 한다.

상대적으로 잘 알려진 '여자의 마음(La donna e mobile)'이나 '그리운 그 이름(Caro nome)'보다는 덜 알려졌으나 베르디 바리톤의 모든 것을 보여줄 수 있는 박진감과 호소력을 겸비한 이 곡이야말로 오페라 〈리골레토〉의 진정한 꽃이라 할 만하다.

어릿광대의 마음속 분노를 격정적으로 토로한 이 아리아는 뜨거운 힘을 품은 채 어디론가 돌진하는 〈소〉의 이미지와 닮았다. 거기에 돌아보는 눈동자 속에 담긴 애수와 비원(悲怨) 역시 리골레토의 그것과 같다.

이 천벌 받을 가신놈들아!

이중섭(1916~1956)

<흰 소>, 1954년 경

뜨거운 격정으로 돌진하는 소,
그 안에 담긴 비원(悲怨)

이 천벌 받을 가신놈들아!

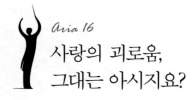

Aria 16

사랑의 괴로움,
그대는 아시지요?

모차르트,
오페라 <피가로의 결혼>

  그림 속 인물을 보라. 여성인지 남성인지 한눈에 구분하기가 어렵다. 머리를 리본으로 묶은 인물의 통통한 두 뺨은 발그레하고 도톰한 입술은 붉게 빛난다. 게다가 류트를 연주하는 손가락은 너무도 곱고 섬세하다.

  이 인물은 여성인가 싶은 순간, 인물이 입은 하얀 블라우스의 풀어헤친 앞섶을 자세히 살펴보면 평평한 가슴이 드러난다. 이 인물은 남성이다. 남성은 남성이되 이제 막 남성성을 엿보이기 시작하는 미소년이다.

그런데 이 소년의 눈빛이 얄궂다. 정면을 비스듬히 응시하는 아름다운 소년은 어린 소년의 천진난만한 눈빛을 지니고 있지 않다. 짙은 갈색의 눈동자는 크고 또렷하지만 그 속에는 봄날의 아지랑이를 닮은 나른함과 어딘지 모를 관능이 숨겨져 있다. 한마디로 묘한 분위기의 소년이다.

이 그림은 이탈리아 바로크 시대의 위대한 화가 카라바조(M. Caravaggio, 1573~1610)의 작품이다. 카라바조는 자신을 후원자였던 델 몬테 추기경을 위해 이 작품 〈류트 연주자(The Lute Player)〉를 그렸다. 후대에 카라바조가 동성애자였다고 추정되는 상황에서 성직자에게 이런 야릇한 그림을 헌정했다고 하는 것은 여러 가지 재밌는 상상을 불러일으킨다.

동성애자였다는 견해에 대해 순순히 수긍이 갈 만큼 카라바조는 아름다운 미소년을 많이 그렸다. 〈류트 연주자〉 같은 인물화는 물론이고 역사화나 성화에도 많은 미소년이 등장하는데 여기에서도 그의 미소년은 성스러움보다는 색정적인 모습을 한껏 보여준다.

그림 속 소년은 이제 막 시작된 봄날의 춘정으로 가득 차 있다. 악기를 연주하는 그의 모습에서 음악가의 예술혼이 느껴지기보다는 쾌락과 감성에 대한 자극이 느껴진다. 자신도 어찌할 수 없는 청춘의 에너지가 그의 손끝을 타고 흘러나오는 것이다.

사춘기의 춘정에 몸부림치는 소년의 고백은 모차르트(W. A. Mozart)의 오페라 〈피가로의 결혼(Le Nozze Di Figaro)〉에 등장하는 미소년 케루비노의 아리아, '그대는 알고 계시지요(Voi che sapete)'에도 잘 드러나 있다. 케루비노는 알마비바 백작의 시동으로 백작부인을 무척이나 사모하면서도 그녀의 하녀인 수잔나에게 수작을 걸고 또 다른 여성에게도 추파를 던지는 몸과 마음이 뜨거운 소년이다.

예쁘장한 생김새와 호리호리한 몸매로 가는 곳마다 분홍빛 공기로 가득 채우며 사건을 일으키고 다니는 그는 백작 저택 안 모든 여성의 귀여움을 받는 반면 모든 남성의 미움을 사고 있다.

이런 그가 백작부인의 처소에 숨어들어 뜨거운 사랑을 고백한다. 이미 1막에서 사춘기에 접어든 자신의 욕망을 빠른 리듬에 실어 숨 가쁘게 노래한 바 있는 이 소년은 백작부인과 수잔나에게 자신의 마음을 본격적으로 토로하기 시작한다.

'사랑이 무엇인지 아는 숙녀 분은…'으로 시작하는 아리아
는 내가 불덩어리가 됐다가 차가운 얼음이 되기도 하는, 하지
만 아직 무엇인지 확실히 모르는 사랑의 기쁨과 괴로움을 노
래하고 있다. 처음 맛보는 그 감정의 설렘과 신비로움을 어떻
게 말로 설명할 수 있을까?

케루비노는 서투르지만 뜨겁고 순수한 열정으로 백작부인을
향해 노래하고 우아한 연상의 백작부인은 어린 소년의 풋풋한
연정이 싫지 않은 모습을 보여 미묘한 분위기가 연출된다.

이 둘의 은밀한 시간은 갑자기 들이닥친 백작에 의해 끝나
고 케루비노는 먼 군대로 끌려가게 되지만 오페라 〈피가로의
결혼〉에서 사춘기 소년 케루비노가 나타내는 존재감은 결코
작은 것이 아니다. 케루비노는 바지역할이라고 해서 보통 메조
소프라노나 굵은 음색의 소프라노가 맡는다. 그는 이제 막 남
자가 되기 시작한 존재이므로 본격적인 남성의 음색이나 캐릭
터는 어울리지 않는다. 음악만으로 사춘기 소년의 춘정을 생
생하게 살려낸 모차르트의 천재성에 다시금 감탄할 따름이다.

카라바조의 〈류트 연주자〉인 소년은 모차르트의 케루비노
보다 조금 더 농염할지 모른다. 하지만 그림 속 그도 이제 방

금 맞이한 청춘으로 달아오른 볼과 눈부신 젊음을 자랑하고 있다. 그러나 케루비노를 군대로 보내버리며 사랑에 들뜬 나비는 이제는 날지 못할 것이라고, 계집애 같은 진홍빛 뺨은 없어질 것이라고 피가로가 노래했던 것처럼 그들의 젊음과 아름다움도 금세 사그라질 것이다. 그림 속 화병의 꽃처럼 말이다.

미켈란젤로 카라바조(Michelangelo Merisi da Caravaggio, 1573~1610)
<류트 연주자(The Lute Player)>, 1596

봄날의 아지랑이처럼 피어나는
사춘기 소년의 춘정

Aria 17

그렇다면 저는 먼 곳으로 떠나겠어요.
성스러운 종소리가 저 하얀 눈 사이로,
저 황금빛 구름 사이로 메아리쳐 사라지듯이

카탈라니,
오페라 <라 왈리>

이탈리아 오페라 작곡가 알프레도 카탈라니(A. Catalani, 1854~1893)는 푸치니(G. Puccini)와 같은 고향인 루카에서 그보다 4년 먼저 태어나 오페라 작곡가로 나름대로 인정을 받았으나 결핵으로 일찍이 세상을 뜨는 바람에 별다른 명성을 누리지 못한 비운의 작곡가다.

베리스모(verismo) 오페라가 싹트기 시작하는 근대를 살았음에도 불구하고 카탈라니는 사실주의보다 전통적인 낭만주의 오페라를 택했기 때문에 후대에 별로 주목받지 못하는 작곡가로 남았는지 모르겠지만 대표작인 오페라 〈라 왈리(La Wally)〉에서 쓰인 결이 두텁고 서정적인 관현악법은 비슷한 스타일의 푸치니를 능가할 정도로 일품이다.

특히 작품에 등장하는 '그렇다면⋯ 저는 멀리 떠나겠어요(Ebben⋯ Ne andrò lontana)'는 전막으로 자주 공연되지 않는 이 오페라에서 많은 사랑을 받고 있는 소프라노의 아리아다.

오페라는 알프스 티롤 지방의 소박하고 목가적인 풍경을 배경으로 첫눈에 반한 사랑과 이별, 오해 뒤에 찾아온 비극을 그린 작품으로, 비슷한 배경으로 연인의 사랑 이야기를 다룬 도니체티(G. Donizetti)의 오페라 〈샤모니의 린다(Linda di Cham­ounix)〉나 벨리니(V. Bellini)의 오페라 〈몽유병의 여인(La Son­nambula)〉처럼 우여곡절을 겪은 뒤 해피엔딩을 맞는 것이 아니라 갑작스러운 비극으로 끝을 맺는 점도 인상적이다.

오페라의 히로인 왈리는 알프스 산속에 사는 아가씨답게 상당히 씩씩하고 당찬 품성을 가지고 있다. 사랑에 빠진 남성 하겐바흐와의 결합을 아버지가 강하게 반대하며 다른 남성과 결혼하든지 아니면 이 집을 영원히 떠나라고 강요하자 그녀는 주저 없이 집을 떠나는 쪽을 택한다. 이 순간에 부르는 아리아가 바로 '그렇다면… 저는 멀리 떠나겠어요'인데 사실 늙은 아버지는 단순히 엄포를 놓기 위해 집을 떠나라고 했는지 모른다. 그 말에 단호하게 집을 나서는 왈리는 참 당돌한 딸이다.

'저는 이제 멀리 떠나렵니다. 성스러운 종소리가 저 하얀 눈 사이로, 저 황금빛 구름 사이로 메아리쳐 사라지듯이 왈리는 홀로 멀리 떠나갑니다…' 무척이나 시적이고 아름다운 노랫말이지만 그 속에는 억누르는 슬픔이 느껴지고 가사에 붙은 멜로디도 우아하고 서정적으로 흐르다가 드라마틱하게 마무리하는 음악적 진행으로 여주인공의 처연한 심사와 단호한 의지를 함께 표현하고 있다.

갖가지 오해와 어려움을 겨우 극복한 왈리와 하겐바흐가 서로 소중한 사랑임을 깨닫는 순간 알프스의 거센 바람은 절벽 끝으로 하겐바흐를 데려가 버린다. 연인의 죽음에 절망한 왈리도 그를 따라 깊은 계곡으로 몸을 내던지면서 오페라는 충격적인 비극의 막을 내리게 되는데 이 작품의 대본가가 푸치니의 오페라 〈토스카(Tosca)〉의 대본가 중 한 사람인 루이지 일리카(L. Illica)인 것을 생각하면 그는 여주인공의 투신으로 막을 내리는 것에 대해 상당한 매력을 느낀 것 같기도 하다(물론

그렇다면 저는 먼 곳으로 떠나겠어요.
성스러운 종소리가 저 하얀 눈 사이로, 저 황금빛 구름 사이로 메아리쳐 사라지듯이

이 작품도, 토스카도 원작은 따로 존재한다).

왈리가 1막에서 부르는 이 아리아는 은은한 종소리로 담담히 시작해서 격정적으로 마무리되는데 두 번 다시 집에 돌아오지 않겠다는 처녀의 복잡하고 절망스러운 심경이 여러 가지 빛깔의 풍부한 화성에 잘 드러나 있다.

우리는 흔히 화가 클로드 모네(C. Monet, 1840~1926)를 빛의 마술사로 부르곤 한다. 모네는 동시대를 살았던 카탈라니가 여러 갈래의 빛깔을 화성 음악으로 표현한 것처럼 빛에 담긴 다양하고 오묘한 색의 변화를 화폭에 그려냈다.

그의 대표작 중 하나인 '양산 쓴 여인(Femme à l'Ombrelle Tournée vers la Gauche)'은 화창한 날에 풀밭에서 양산을 들고 서 있는 여인을 모델로 한 그림이다. 모네는 아들 장과 첫 부인 카미유를 그린 첫 번째 그림과 양산을 쓴 여성이 왼쪽으로 몸을 돌린 것, 오른쪽으로 몸을 돌린 것 등 비슷한 그림을 세 점이나 그렸다.

그중에서도 두 번째 부인 알리스의 딸 수잔을 모델로 그린 '왼편으로 몸을 돌린 양산 쓴 여인'은 모델의 얼굴조차 베일에 가려져 드러나 있지 않으면서 오로지 쏟아진 빛의 스펙트럼만을 섬세하게 묘사하는 작품이다. 이 그림을 볼 때면 뭉게구름이 떠 있는 푸른 하늘과 손을 대면 부서질 듯 다채롭고 고운 색감의 화폭 안에서 왠지 모를 애수를 느끼게 된다. 처음 작품의 모델이 된 카미유는 젊은 나이에 병으로 세상을 떠났다.

교회의 종소리가 성스럽게 메아리치듯 공기는 가볍고 빛은 투명하게 반짝인다. 집을 등지고 길을 떠나는 젊은 왈리의 모습도 이 그림처럼 아름답지만 서글펐을 것만 같다.

그렇다면 저는 먼 곳으로 떠나겠어요.
성스러운 종소리가 저 하얀 눈 사이로, 저 황금빛 구름 사이로 메아리쳐 사라지듯이

클로드 모네(Claude Monet, 1840~1926)
<원편으로 몸을 돌린 양산 쓴 여인(Femme **à** l'Ombrelle Tourn**é**e vers la Gauche)>, 1886

아름답지만 애수 가득한 선율,
다시는 돌아오지 않을 고향집을 떠나는 왈리의 노래

그렇다면 저는 먼 곳으로 떠나겠어요.
성스러운 종소리가 저 하얀 눈 사이로, 저 황금빛 구름 사이로 메아리쳐 사라지듯이

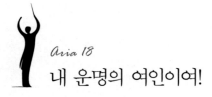

Aria 18
내 운명의 여인이여!

베르디,
오페라 <맥베스>

　영국의 대문호 윌리엄 셰익스피어(W. Shakespeare)는 지난 2016년 탄생 450주년을 맞이했다. 문학 역사상 가장 위대한 작가로 꼽히는 셰익스피어의 작품을 많은 작곡가들은 오페라로 만들었다.

　그의 희곡이 어째서 오페라 작곡가에게 영감을 주었는지를 생각해보면 인간 본성에 대한 예리하고도 냉혹한 성찰과 그로 인해 벌어지는 드라마틱한 사건이 극과 음악이 어우러지는 종합예술인 오페라에 더할 나위 없이 잘 어울렸기 때문으로 생각된다.

셰익스피어의 4대 비극으로 꼽히는 〈햄릿(Hamlet)〉, 〈리어왕(King Lear)〉, 〈오셀로(Othello)〉, 〈맥베스(Macbeth)〉는 모두 오페라로 만들어졌다. 여기에 〈로미오와 줄리엣(Romeo and Juliet)〉은 여러 언어의 오페라로 무대에 올랐고 〈한여름 밤의 꿈(A Midsummer Night's Dream)〉이나 〈헛소동(Much Ado About Nothing)〉 같은 유쾌한 희극도 오페라로 남았다.

셰익스피어 문학을 열렬히 추종하는 사람 중 하나로 문학에 조예가 깊었던 베르디(G. Verdi)가 있다. 그는 오페라로 만들 문학작품을 직접 선택하곤 했는데 그중에서도 〈맥베스〉, 〈오텔로(Otello)〉, 〈팔스타프(Falstaff)〉 등 세 편이나 되는 셰익스피어 희곡을 오페라로 만들었다.

만년에 작곡한 다른 두 편과는 달리 오페라 〈맥베스〉는 베르디가 30대 초반 작곡한 작품으로 상당히 초기작에 속하는 작품이다. 셰익스피어 비극 중에서도 가장 웅장하고 잔인한 비극으로 알려진 이 작품은 베르디가 대본 작업에도 간여할 정도로 심혈을 기울였다고 한다.

이 오페라에서 주인공 맥베스는 권력에 대한 욕망에 사로잡혀있지만 우유부단하고 심약한 인물로 등장한다. 마녀의 예언을 발판 삼아 이런 남편을 부추기고 적극적으로 왕의 시해를 도모하는 것의 레이디 맥베스다.

레이디 맥베스가 1막에서 거사를 치르고 돌아온 남편과 한밤중에 나누는 대화가 바로 이중창 '내 운명의 아내여!(Fatal mia donna!)'다. 이들의 이중창을 대화라고 표현한 이유는 베르디가 이 작품을 혁신에 가깝도록 연극성을 강조했기 때문이다. 아직 벨칸토(bel canto) 오페라의 그림자가 강했던 당시 이탈리아 오페라에서 베르디는 이 작품으로 연극의 개념을 도입하는 변혁적인 시도를 했고 이후 비난에도 아랑곳없이 계속 본인의 의도를 담은 오페라를 만들어낸다.

왕을 시해하고 돌아온 남편을 맞이한 부인은 두려움에 덜덜 떠는 남편을 아기처럼 달래면서 다독인다. 맥베스는 자신의 손에 묻은 피를 바라보며 어쩔 줄을 모르고 이제 다시는 평화롭게 잠들 수 없게 되었다고, 손에 묻은 이 피는 바닷물로 씻어도 지워지지 않을 것이라고 탄식하지만 오히려 맥베스 부인은 증거물인 칼을 도로 들고 왔다고 남편을 책망한다. 두려움에 떠는 남편을 대신해 다시 현장으로 가서 죽은 위병에게 칼을 들려주고 그 손에 피까지 묻히는 용의주도함을 보이며 돌아온 그녀가 남편을 이끌고 사라지며 이 숨 가쁜 이중창은 끝을 맺는다.

이 이중창의 음악은 베르디 초기작이라고는 믿을 수 없을 정도로 세련된 화성과 작법을 들려준다. 공포에 사로잡힌 맥베스와 탐욕과 냉혹함을 드러낸 맥베스 부인의 내면은 그들이 주고받는 대사가 담긴 음악으로 강하게 전달되고 관객은 음악적 효과와 그들의 강렬한 연기 덕분에 피가 식을 것 같은 긴장을 함께 맛본다.

미국이 화가 존 싱어 사전트(John Singer Sargent, 1856~1925)의 1889년 작품인 〈레이디 멕베스로 분한 엘렌 테리(Ellen Terry as Lady Macbeth)〉는 영국의 유명한 셰익스피어 전문 여배우인 엘렌 테리가 런던의 리세움 극장에서 1888년 12월 29일 맥베스를 초연하던 날 밤의 모습을 화가가 직접 보고 영감을 받아 그린 그림이다. 엘렌 테리는 화려하게 장식된 초록색 가운을 입고 스스로 왕관을 머리에 쓰러 하고 있다. 초점 없이 광기로 번득이는 눈빛에서 그녀의 심리상태를 짐작할 수 있는데 야심으로 시작된 비틀린 욕망은 피비린내 나는 살육으로 치달았고 그 결과 원하던 왕관은 손에 쥐었지만 영혼마저 망가져 버린 레이디 맥베스의 모습이 생생하게 묘사되었다. 오페라 속 이중창에서 섬뜩할 만큼 냉정한 모습을 보였던 그녀가 그토록 바라던 왕관을 얻은 대가는 정신착란에 따른 몽유병과 죽음이었다. 사전트의 그림은 레이디 맥베스에게 그날이 멀지 않았음을 보여주고 있다.

존 싱어 사전트(John Singer Sargent, 1856~1925)
<레이디 맥베스로 분한 엘렌 테리(Ellen Terry as Lady Macbeth)>, 1889

왕관의 대가는 아무리 씻어도 지워지지 않는
피 묻은 손

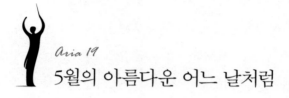

Aria 19

5월의 아름다운 어느 날처럼

조르다노,
오페라 <안드레아 셰니에>

1789년 7월 14일은 세계 역사를 바꿔놓은 특별한 날로 기억된다. 이날 성난 파리 시민들이 바스티유 감옥을 습격하고 죄수를 풀어주면서 봉기를 일으키니, 프랑스 대혁명의 시작이었다.

우리가 프랑스 대혁명을 얘기할 때 항상 떠올리는 그림은 외젠 들라크루아(E. Delacroix, 1798~1863)의 1830년 작품 <민중을 이끄는 자유(La Liberté guidant le peuple)>다. 가슴을 드러낸 채 자유, 평등, 박애의 프랑스 혁명 기치를 상징하는 삼색기를 들고 앞장서 민중을 독려하는 여인은 여신이라기보다는 자유의 상징 그 자체다.

흥미로운 것은 이 작품이 사실 1789년 프랑스 대혁명을 묘사한 그림이 아니라는 점이다. 들라크루아의 낭만주의적 성향과 열정을 가득 담은 이 작품은 1830년 7월 혁명을 그린 것이다. 프랑스 대혁명은 이후 50년 가까이 여러 가지 진통을 겪었다. 이 그림은 왕정복고를 꾀하는 국왕 샤를 10세(Charles X)에 맞서 다시 한 번 분연히 일어선 시민계급의 모습을 표현하고 있으며 다양한 복장을 한 사람들의 모습을 통해 이 혁명이 절대다수에게 지지를 받는 것임을 나타내고 있다. 실제로 이 혁명은 많은 희생과 대가를 치르며 성공했다.

　　어쨌거나 이 작품은 오늘날 프랑스 대혁명을 상징하는 열정적이고 선동적인 그림으로 남았고 후대 사람들은 이 그림을 보며 당시의 뜨겁고도 혼란스러웠던 분위기를 짐작한다.

　　이탈리아 작곡가 조르다노(U. Giordano, 1867~1948)가 작곡한 사실주의 오페라 〈안드레아 셰니에(Andrea Chénier)〉는 프랑스 대혁명 시기의 이야기를 다루고 있다. 안드레아 셰니에는 실존 인물이며, 프랑스의 낭만주의 시인 앙드레 셰니에가 바로 그 주인공이다.

　　프랑스의 외교관이자 시인이었던 앙드레 셰니에는 혁명 전에는 민중의 피폐한 삶을 기탄없이 시로 읊었고 혁명 후에는 혁명 정부의 광적인 공포정치를 비난한 인도주의자였다. 그는 당시로서는 드물게 고대 그리스 양식에 충실한 시를 선보였고 풍부한 감수성을 가진 그의 시는 낭만주의의 문을 열었다는 평가를 받는다. 그러나 살아생전 세상에 알려졌던 그의 시는 즉흥시와 단장시로 알려진 단 두 편뿐이고, 그가 반혁명주의자로 몰려 32살의 나이에 단두대의 이슬로 사라진 지 수십 년이 흐른 후에야 시집이 발간된다.

오페라 〈안드레아 셰니에〉는 기구한 운명의 젊은 시인의 일생에 삼각관계를 삽입해 더욱 드라마틱하게 전개된다. 귀족 처녀 막달레나와 그녀의 하인이었던 제라르와의 관계가 그것이다. 혁명을 전후해서 달라진 이들 청춘의 운명은 관객을 더욱 안타깝게 만들고 혁명의 혼란한 분위기가 생생하게 묘사돼 사실주의 오페라의 느낌을 또렷이 드러내고 있다.

실제로 옥중에서 셰니에가 남긴 연작시 〈이얌브(Iambe)〉 중에서 '마지막 햇빛처럼(Comme un dernier rayon)'을 가사로 조르다노가 곡을 붙인 것이 아리아 '5월의 아름다운 어느 날처럼(Come un bel di di maggio)'인데 사형을 선고받고 곧 자신의 죽음이 다가올 것임을 직감한 셰니에가 면회 온 친구에게 자신의 심경을 당당하게 노래하는 시이다.

5월의 아름다운 어느 날처럼

5월의 찬란한 날이 사라져가듯 시인으로 살아온 자신의 삶도 이제 곧 끝나간다며 그전에 시정의 여신이 내게 마지막 영감을 불어 넣어준다면 자신도 마지막 숨을 토해내리라는 당당하고도 서정이 넘치는 아리아다.

낭만주의 시인으로서 끝까지 품위를 잃지 않았던 안드레아 셰니에는 모든 테너에게 꿈의 배역이고 특히 이 아리아는 세계 정상급 테너라면 한 번씩은 다 도전한 명곡 중의 명곡이다. 특히 고음역대를 강렬히 노래해야 하기에 기교와 성량도 중요하지만 셰니에의 심경을 담담하게 시작해서 뜨겁고 호소력 있게 마무리해야 하는 이 곡은 성악 역사에 계보가 존재할 정도로 기량과 외모 등 모든 것을 갖춘 특별한 드라마틱 테너만이 노래해 왔다.

앙드레 셰니에는 1794년 7월 25일에 세상을 떠났고 그를 죽음으로 몰아간 혁명정부의 리더 로베스피에르(M. Robespierre) 역시 공포정치에 대한 반발로 이로부터 삼일 뒤 단두대에서 죽는다. 인간의 자유와 행복을 추구할 권리를 위해 행해졌던 수많은 희생은 예술로 남아 오늘도 테르미도르의 뜨거운 태양 아래서 빛나고 있다.

외젠 들라크루아(Eugène Delacroix, 1798~1863)
<민중을 이끄는 자유(La Liberté guidant le peuple)>, 1830

시의 여신이여!
다시 한 번 내게 빛나는 영감을 허락해 주시오!

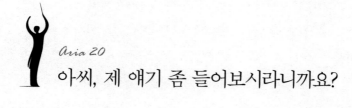

아씨, 제 얘기 좀 들어보시라니까요?

모차르트,
오페라 <돈 조반니>

우리는 흔히 여성을 지나치게 좋아하는 남성을 일컬어 바람
둥이라고 한다. 서양에서 바람둥이의 대명사로는 돈 쥐앙(Don
Juan)과 카사노바(Casanova)를 들 수 있는데 세비야 귀족 돈 쥐
앙은 돈 후안이라는 이름으로 1630년 몰리나의 희곡에 처음
등장한 이래 몰리에르(Moliere), 바이런(G. Byron), 모차르트(W.
Mozart), 슈트라우스(R. Strauss) 등 후대 예술가에게 많은 영감
을 주었고 카사노바는 실제로 존재했던 인물로 이탈리아의 귀
족이자 외교관이었다.

돈 쥐앙은 로렌초 다 폰테(L. Ponte)라는 걸출한 대본 작가의 대본으로 모차르트가 작곡한 오페라 〈돈 조반니(Don Giovan-ni)〉의 주인공으로도 활약한다. 모차르트가 〈돈 조반니〉를 작곡할 때 그는 이토록 부도덕한 인물을 오페라의 주인공으로 써도 되는 고민이 많았지만 다 폰테의 친구인 카사노바의 방문을 받고 그의 이야기를 들은 뒤 죄책감을 한결 덜었다는 확인되지 않은 이야기도 전해오는 것을 보면 카사노바의 행각도 돈 쥐앙에 모자라지는 않았던 모양이다. 유유상종이라고 다 폰테 역시 유부녀와 끊임없는 불륜으로 이탈리아와 빈에서 모두 추방된 바람둥이였다.

오페라 〈돈 조반니〉에서 하인 레포렐로는 돈 조반니의 분신이다. 그가 주인과 똑같은 바리톤으로 설정된 이유는 늘 새로운 여성을 유혹하기 바쁜 주인의 대역을 하기 위해서다. 레포렐로는 방종하고 타락한 주인을 경멸하고 비웃으면서도 내심 잘생긴 외모와 언변, 귀족 태생의 타고난 품위에서 비롯되는 그의 매력을 동경하는 인물로 그려진다. 레포렐로는 돈 조반니와 함께 다니면서 갖은 악행의 방조자 역할을 하는데 방탕한 주인이 저지른 일의 뒤치다꺼리도 이 하인의 중요한 임무 중 하나다.

레포렐로의 아리아 '카탈로그의 노래(Madamina, il catalogo)'
는 바로 이 장면에서 불리는 노래다. 조반니는 돈나 엘비라라
는 여성과 결혼식을 올리고 3일을 함께 보낸 뒤 달아나 버렸
다. 그는 싫증이 난 것이고 그녀는 버림받은 것이다. 그 난봉
꾼을 남편으로 철석같이 믿는 돈나 엘비라는 분노와 미련이
뒤섞인 감정으로 돈 조반니를 찾아다닌다.

가까스로 맞닥뜨린 조반니는 걸음아 나 살려라 도망가 버리
고 분한 마음을 어쩔 줄 모르는 엘비라를 막아서며 레포렐로
는 능청스럽게 노래한다. 수첩을 꺼내 들며 '아씨, 우리 주인이
사랑한 미인들의 명단입니다요…'로 시작하는 이 곡을 부르는
모습은 돈 조반니가 사랑한 여인들의 나라별 숫자와 함께 그
의 취향을 구체적으로 언급하는 익살스러운 가사를 빠르고
유쾌한 멜로디로 담아낸 이 오페라 최고의 희극적인 명장면
중 하나이다.

버림받은 충격에다 레포렐로의 아리아를 들으며 돈 조반니
의 실체를 깨닫게 된 돈나 엘비라는 너무나 기가 막혀 주저앉
아 버리고 마는데 레포렐로는 이런 일이 처음이 아니라는 듯
천연덕스럽게 속 뒤집어지는 노래를 계속하고 급기야 그녀는
눈물을 보이고 만다.

아씨, 제 얘기 좀 들어보시라니까요?

돈 조반니만큼은 아닐지라도 미술 분야에서 최고의 여성 편력을 자랑하는 이를 꼽으라 한다면 피카소(P. Picasso, 1881~1973)가 아닐까 싶다. 돈 조반니와 같은 스페인 출생인 피카소 역시 뜨거운 정열과 욕망을 가진 예술가다. 한 세기에 가까운 그의 일생 동안 여성의 존재란 뗄 수 없는 삶의 동반자였고 예술적 영감의 원천이었다. 신고전주의와 초현실주의, 큐비즘 등으로 이어지는 변화무쌍한 화풍만큼 피카소의 여자 문제도 복잡하고 화려했는데 새로운 애인이 등장할 때마다 그는 새로운 양식을 선보이곤 했다.

1937년 작품인 〈우는 여자(Weeping woman)〉는 다섯 번째 애인인 도라 마르를 모델로 한 것이다. 이 무렵 피카소는 부인 올가와 결혼 생활을 유지하면서 마리 테레즈라는 젊은 애인을 두고 있었는데 여기에 도라 마르까지 합세하게 된 것이다. 지적이고 당당한 사진작가였던 도라 마르는 피카소의 여성 편력과 그를 향한 집착에 점점 피폐해져 걸핏하면 우는 예민한 여자로 변하고 말았다.

〈우는 여자〉는 피카소의 큐비즘적 성격이 강하게 두드러진 작품이나 그보다 먼저 전해지는 것은 여인이 서럽게 흘리는 눈물에 대한 안타까움이다. 그림 속 도라 마르가 흘리는 눈물은 돈나 엘비라의 눈물과 마찬가지로 연인에 대한 원망과 분노 그럼에도 아직도 그를 사랑하는 자신에 대한 회한이 뒤섞인 복합적인 애증의 눈물이었을 것이다. 그 눈물의 의미를 이토록 정확하게 알고 표현했으면서도 또 다른 여성에게 눈길을 준 피카소를 어떻게 얘기해야 좋을까?

아씨, 제 얘기 좀 들어보시라니까요?

파블로 피카소(Pablo Ruiz Picasso, 1881~1973)
<우는 여자(Weeping Woman)>, 1937

우리 주인님이 사랑한 미인은
에스파냐에서만 1,000명하고도 세 명이지요

아씨, 제 얘기 좀 들어보시라니까요?

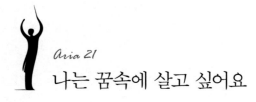

나는 꿈속에 살고 싶어요

| 샤를 구노,
| 오페라 <로메오와 줄리에트>

셰익스피어(W. Shakespeare)의 희곡 <로미오와 줄리엣 (Romeo and Juliet)>은 오늘날까지도 비극적인 사랑의 대명사로 남아있다. 하필 원수인 두 집안의 남녀가 만나 한눈에 사랑에 빠지고 우여곡절을 거듭하다 죽음을 맞이하는 슬픈 이야기는 수많은 후대 예술가를 매료시켰다.

첫눈에 서로 이끌렸으나 원수 가문이라는 것을 알게 된 로미오와 줄리엣에게 좌절감과 함께 밀려온 것은 더욱 커져버린 사랑의 감정이다. 이른바 로미오와 줄리엣 효과다. 아담과 이

브가 선악과를 몰래 따 먹은 이래, 금지된 것을 어기는 행위는 얼마나 달콤했던가. 로미오와 줄리엣이 별다른 장애가 없는 가운데 연인이 됐더라면 아마도 그들의 사랑은 금방 식었을 것이 분명하다. 뜨거운 혈기를 주체하지 못하는 그들은 변덕스러운 십대이기 때문이다.

따라다니며 다정한 잔소리를 멈추지 않는 유모에게 줄리엣은 어린 소녀의 발랄함과 순수함으로 응수한다. 이 장면에 나타나는 줄리엣의 마음을 특히 화사하고 생기 넘치는 분위기로 표현하고 있는 작품이 프랑스 작곡가 구노(C. Gounod, 1818~1893)의 오페라 〈로메오와 줄리에트(Romeo et Juliette)〉다. 1막에 등장하는 줄리엣의 아리에타 '꿈속에 살고 싶어라(Je Veux Vivre)'는 캐퓰렛가의 가면무도회 도중 줄리에트와 유모가 얘기를 나누던 줄리에트가 부르는 곡으로 흔히 '줄리에트의 왈츠'로도 알려져 있다.

귀족 가문의 귀한 외동딸로 사랑을 한 몸에 받으며 천진난만하게 살아온 줄리에트는 약혼자와 결혼을 종용하는 유모에게 결혼 생각은 없고 오로지 지금처럼 꿈같은 시간 속에서만 살아가고 싶다고 노래한다. 줄리에트는 자신이 보내는 나날이 얼마나 꿈처럼 아름다운 시간인지 잘 알고 있다. 그녀는 보석처럼 빛나는 젊은 시절은 너무 빨리 가버린다고 아쉬워하면서 부디 나를 행복하게 만들어주는 이 꿈에서 깨우지 말아 달라고 노래한다.

미래를 예견하듯 사랑에 내 마음이 굴복하면 눈물의 시간은 다가오고 근심 걱정 없는 지금의 행복은 다시 오지 않을 것이라고 종달새처럼 지저귀는 줄리에트는 아직 사랑을 모르는 철부지 소녀다. 작곡가 구노는 이런 줄리에트의 모습을 왈츠의 경쾌함과 프랑스 음악 특유의 우아한 선율에 실어 전달하고 있다.

'줄리에트의 왈츠'를 부른 바로 그날 밤 줄리에트는 운명의 상대를 만나 소녀에서 여인이 된다. 이 작품의 2막은 그 유명한 줄리에트의 발코니 장면인데 서로를 향한 애타는 사랑의 말을 주고받는 연인의 모습은 두 사람이 함께 부르는 달콤하고 서정성 넘치는 이중창을 통해 극대화된다. 비록 답답한 현실의 벽이 가로막고 있지만 서로의 감정을 확인하며 사랑의 기쁨에 빠진 두 사람은 아마 허공을 둥둥 떠다니는 황홀한 기분이지 않았을까?

마르크 샤갈(Marc Chagall, 1887~1985)은 사랑에 빠진 두 연인의 기분을 가장 잘 표현한 화가다. 그의 그림 속 연인들은 대부분 발끝이 땅에 닿아있지 않고 무중력 상태처럼 공기 속을 자유롭게 부유한다.

사랑의 행복감에 도취된 그들은 현실의 땅에 발을 디디고 있을 수가 없다. 가만있어도 몸과 마음이 붕 떠오르는 것 같은 짜릿한 기분은 오직 뜨거운 사랑에 빠진 연인만 알 것이다. 샤갈 그림에 등장하는 연인은 샤갈 자신과 그의 부인인 벨라였다. 그중에서도 〈산책(The Promenade)〉은 한눈에 사랑에 빠진 연인의 희열과 행복감을 표현한 작품으로 하늘에 떠 있는 황홀한 벨라의 표정과 꽃, 자줏빛 드레스의 섬세한 표현은 멀리 보이는 분홍색 러시아 정교회와 어우러져 더욱 로맨틱하게 느껴진다.

사랑의 기쁨에 들뜬 것은 벨라의 손을 잡고 당당하게 서 있는 샤갈도 마찬가지인데 표정으로 보아 그도 곧 연인을 따라 날아오를 듯하다. 온몸을 타고 흐르던 환희의 분류가 넘쳐 마침내 허공으로 떠올라 버리는 연인들의 모습을 샤갈보다 잘 그려낸 화가가 있었을까?

이토록 행복하던 샤갈과 벨라의 결말도 로미오와 줄리엣처럼 결국 비극으로 끝을 맺고 말았지만 함께 한 순간 하늘을 향해 날아오를 만큼 사랑했던 사람이 이 세상에 있었다는 추억만으로도 화가의 일생은 충분히 행복했을 것이다.

마르크 샤갈(Marc Chagall, 1887~1985)
<산책(The Promenade)>, 1918

하늘로 날아오르게 만드는
가슴 벅찬 사랑의 환희

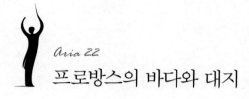

프로방스의 바다와 대지

베르디,
오페라 <라 트리비아타>

    조르쥬 제르몽은 성공한 부르주아 사업가다. 고향 프로방스 지역에서 사업을 일으킨 그는 귀족은 아니어도 꿈에 그리던 상류사회 진입에 성공했고 자식들도 그에 걸 맞는 혼인으로 가문의 부과 영예를 지속시켜나갈 나갈 참이다.

    그런 그에게 요즘 생긴 골칫거리는 파리에서 한량 노릇을 하던 아들 알프레도가 온 파리가 다 알아주는 고급 창부와 동거를 한다는 사실이다. 물정 모르고 철없는 아들이 뻔뻔하고 천박한 여자에게 홀려 있는 돈을 다 탕진해가며 타락한 생활을 하는 모양인데 이대로 가만두었다가는 알프레도의 장래도 문제일 뿐 아니라 어렵게 쌓아온 가문의 명예도 허물어지게 생겼다. 제르몽은 아들과 그 창부를 갈라놓기로 결심하고 직접 그들의 거처를 방문한다. 그렇게 유명한 파리의 고급 매춘부라니 얼마나 막돼먹고 상스러울지는 보지 않아도 짐작할 일인데 막상 얼굴을 마주한 문제의 비올레타 발레리는 의외의 모습을 보인다.

베르디(G. Verdi) 오페라 〈라 트라비아타(La Traviata)〉의 본격적인 2막은 이렇게 알프레도의 부친인 조르쥬 제르몽의 갑작스런 방문으로 시작된다. 알프레도는 비올레타에게 '아버지도 당신을 보시면 좋아하실 것'이라고 철없는 소리를 했지만 굳은 얼굴과 냉랭한 태도로 방에 들어선 제르몽은 비올레타에 대한 선입견과 분노로 가득 차 있다. 부유한 부르주아지 사업가란 체면 때문에 가까스로 점잖은 태도를 유지하고 있을 뿐이다.

그러나 제르몽을 맞이한 비올레타의 순수한 태도는 그의 심경에 변화를 일으킨다. 단호하고 엄한 태도로 아들과 헤어질 것을 강요하러 왔던 그는 뜻밖에 순종적이고 고상한 그녀를 보며 작전을 바꿔 인간적인 애원으로 이별을 설득하기 시작한다. 외롭게 자란 비올레타는 가족을 생각하는 아버지의 절절한 부성애에 마음이 움직이기 시작한다. 이를 간파한 제르몽은 오빠가 고급 창부와 동거 중이라 딸이 파혼당하게 될 것이라는 위기까지 들먹이며 그녀의 선한 마음을 더욱 자극한다. 헤어지는 것이 진정으로 연인을 위하는 길이라는 제르몽의 은근하고도 집요한 설득에 무너진 비올레타는 제르몽을 인자한 아버지라 생각하며 떠나는 자신을 측은히 여겨 한 번만 안아 달라고까지 부탁한다.

조르쥬 제르몽은 분명 위선적인 부르주아지다. 가족의 평안과 가문의 명예를 지키는 일은 소중하고 타인의 고통에는 눈감아 버리는 이중적인 성격의 소유자이고 점잖으며 자애로운 아버지의 얼굴로 비올레타에게 이별을 종용할 줄 아는 노회한 인물이기도 하다. 비올레타는 물론이고 관객마저 이런 제르몽을 그다지 악하게 보지 않는 이유는 그의 위선이 베르디의 빼어난 음악으로 포장되었기 때문이다.

제르몽은 신뢰감을 주는 바리톤의 품위 있는 음색으로 노래하며 묵중하고 교양 있는 태도를 끝까지 잃지 않는다. 특히 떠나간 비올레타 때문에 흥분한 아들에게 고향의 바다와 땅은 모두 잊어버렸냐고 책망하면서 달래는 카바티나 '프로벤자의 바다와 땅(Di Provenza il mar, il suol)'의 서정적이고 온화한 멜로디가 어우러진 아버지의 절절한 호소를 듣고 있노라면 다들 그의 입장에 공감하고 마는 것이다.

프로벤자(Provenza)는 프랑스 남부 프로방스의 이탈리아식 발음이다. 프로방스(Provence)는 여름이면 눈 부신 햇살과 자연의 아름다움이 빛나는 곳으로 유명한데 제르몽이 노래하는 프로방스의 바다와 땅이란 고향의 가족과 아들로서의 책무마저 저버렸냐는 의미로도 해석할 수 있다.

알프레도는 아름다운 고향을 떠나 타향을 떠돌았지만 폴 세잔(Paul Cézanne, 1839~1906)은 프로방스에서 태어나 그곳에서 생을 마감하며 평생 고향에 대한 애착을 표현했던 화가였다. 젊은 시절엔 파리에 머물기도 했으나 세잔은 일생을 프로방스에 중심을 두고 활동하면서 그곳의 풍광과 정서를 수많은 화폭에 담았다.

1880년에 완성한 '프로방스의 산(Mountains in Provence)'은 단순하고도 입체적으로 표현한 풍경과 대조적으로 빛의 미묘한 변화를 섬세하게 담아낸 작품으로 후기 인상파의 특징과 피카소에게 영향을 준 입체주의의 미학을 동시에 느낄 수 있다.

비올레타를 죽음으로 영원히 떠나보낸 두 부자는 고향으로 돌아왔을 것이다. 가책과 회한으로 괴로웠을 두 사람의 마음에 프로방스의 눈부신 태양과 보랏빛 라벤더 향기가 위안이 되었을지 모르겠다.

프로방스의 바다와 대지

폴 세잔(Paul Cézanne, 1839~1906)
<프로방스의 산(Mountains in Provence)>, 1890

아들아, 눈부시게 빛나는
고향의 태양을 너는 잊었느냐

프로방스의 바다와 대지

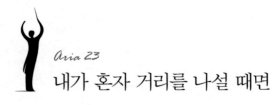

Aria 23

내가 혼자 거리를 나설 때면

> 푸치니,
> 오페라 <라 보엠>

　제임스 티소(J. Tissot, 1836~1902)는 프랑스 출신 화가지만 영국식으로 이름을 바꾸고 한동안 영국 런던에서 생활했다. 그는 빅토리안 시대 영국 여성이나 파리 사교계 여성의 아름다운 모습과 한가로운 풍경을 그들이 몸에 걸친 의상과 함께 섬세하게 표현해 당대에 큰 인기를 얻었다.

　티소는 인상파 시대 화가로 드가나 마네(E. Manet)와 친분을 나누며 교류는 했지만 인상파에 가담하지 않아 화풍이 당시 주류와는 거리가 있었고 매력적인 여인의 규방이나 사교생활을 호화롭게 묘사한 것이 대부분이어서 생전에 누린 인기에 비해서 후대에는 별다른 평가를 얻지 못했다.

현대에 이르러 티소의 작품이 다시 주목받는 이유는 재미있게도 복식사 연구를 위한 자료로 활용하기 위해서였다. 티소는 빅토리안 시대 중상류 계급 여성의 의상을 매우 세심한 필치로 정교하게 묘사해서 그의 화집은 하나의 스타일북을 보는 것 같은 느낌을 준다.

티소 그림에 등장하는 여성의 가장 큰 비중은 요절한 영국인 애인인 캐슬린 뉴턴(K. Newton)이지만 그는 그녀 외에도 많은 런던과 파리의 중상류 계급 여성을 그렸다. 아름답기 그지없는 장식과 색감을 갖춘 의상을 입은 그림 속 대부분 여성의 표정은 웬일인지 단조롭고 권태롭다. 여인의 나른한 얼굴에서 생동감이 느껴지질 않기 때문에 주인공의 얼굴보다는 의복에 더 집중하게 되는지 모른다.

그런 티소의 그림 속 여인 중에서 눈빛이 조금 다른 등장인물이 한 명 있다. 바로 '야망을 지닌 여인(L'Ambitieuse, Political Woman)'의 주인공이다.

다른 이름으로 '환영회(The Reception)'라고도 불리는 이 작품은 티소가 연인의 사망 뒤 파리로 돌아와 완성한 그림이다. 작품 속에 등장하는 여인은 젊고 매력적이나 어린 풋내기는 아닌 걸로 보인다.

러플이 한가득 달린 분홍빛 드레스에 깃털 부채를 쥔 여인의 차림새는 호화롭지만 동반한 남성의 팔짱을 끼고 장내로 들어서는 여인의 눈빛은 무척이나 불안정하다. 그녀의 눈빛에 호응이라도 하듯 여인을 두고 주변인은 쑥덕거림과 함께 경멸의 눈초리로 맞이한다.

'환영회'라는 제목이 무색하게 아마도 그녀는 환영받지 못할, 와서는 안 될 공간에 등장한 것이 틀림없다. 편치 않은 마음을 감추고자 부러 남들보다 더 화려하고 사치스러운 차림을 했지만 허공을 방황하는 눈동자는 그녀의 불안한 심리를 그대로 말해주고 있다.

다만 이렇게까지 해서라도 이곳에 와야 한다는 결심을 보여주는 것은 그녀의 입매다. 평정을 가장한 채 입꼬리를 올리며 지어내는 미소는 여인이 이 환영받지 못한 공간에서 순순히 물러날 인물이 아니라는 것을 드러낸다.

푸치니(G. Puccini)의 오페라 〈라 보엠(La Bohème)〉 2막에서

처음 등장하는 무제타는 몹시도 앙칼지고 섹시한 여인이다. 잔뜩 쇼핑한 상자를 늙은 애인에게 들려놓고 구박을 일삼는 무제타가 순수하고 청순한 여인이 아니라는 것은 이미 관객도 눈치챘을 것이다.

이런 무제타가 순정을 주고받았던 옛 애인 마르첼로를 우연히 만난 후, 일부러 그녀를 무시하는 마르첼로를 다시 유혹하고자 농염한 노래를 부르기 시작한다. 성격과 어울리는 높은 톤의 음정으로 부르는 '홀로 거리를 나설 때면(Quando men vo)'은 '내가 홀로 길을 나설 때면 사람들은 나에게 욕정이 가득한 눈길을 주고 나는 그것을 행복으로 여긴다'는 대담한 내용의 노래로 '무제타의 왈츠'라고도 불린다. 푸치니는 흔치 않은 개성을 가진 이 여성을 위해 밝고 서정적이면서도 히스테리가 느껴지는 독특한 아리아를 창조했다.

〈라 보엠〉의 주인공은 미미지만 2막에서만큼은 무제타가 주인공이다. 미미와 로돌포가 지고지순한 비련의 사랑을 나눈다면 무제타와 마르첼로는 전쟁 같은 사랑을 하는 현실적인 커플이다. 카바레에서 노래를 하는 무제타의 신분은 보잘것없지만 그녀는 타고난 미모와 요염함을 무기로 신분의 상승을 꿈꾼다.

그녀에게 사랑이란 순정일 수도 있고 욕정일 수도 있다. 그리고 욕망의 실현을 위해서 주변의 멸시 따위는 얼마든지 견뎌낼 수 있는 배짱도 있는 것이다. 티소의 그림 속 야망을 가진 아름다운 여인처럼 말이다.

제임스 티소(James Jacques Joseph Tissot, 1836~1902)
<야망을 지닌 여인(L'Ambitieuse, Political Woman)>, 1885

사람들은 항상 내 아름다움에 눈길을 주고
나는 그것을 즐긴답니다

Epilogue
:

이 책에 실린 스물세 편의 글은 공연예술전문 월
간지 <더 무브>에 '아리아가 있는 풍경'이라는 이
름으로 2013년 1월부터 2년간 연재했던 칼럼을 묶은 것이다.
아리아 한 곡과 명화 한 점을 두고 그 안에 담겨있는 여러 가지
이야기와 감성을 엮어 풀어낸 글에 많은 애착과 공을 들였었다.

오페라는 특이하게도 발생 기원이 명확한 예술이다. 언제 어
디서 누군가에 의해서 탄생되었는지가 비교적 분명하게 나온
다. 르네상스의 문이 닫히고 바로크 시대가 열리던 시점에 오
페라는 태어났다. 르네상스 시대 피렌체 지식인들은 그리스의
서정 비극 형태와 음악의 결합을 통해 고대 그리스의 연극적
전통과 이상을 되살리고자 했다.

오페라는 처음에 오페라가 아니라 드라마 페르 무지카
(Dramma per Musica), 즉 음악을 위한 드라마라는 이름으로
불렸었다. 음악을 위한 드라마라는 명칭은 이 장르의 성격을
엿볼 수 있게 한다. 오페라가 서사를 기반으로 한 음악적 예술
이라는 것은 후대에 많은 시도를 가능하게 해주었다. 수많은

희곡이, 소설이, 서사시가 오페라가 되었고 그 오페라는 다시 발레로, 뮤지컬로 변주되었다.

그림에는 수많은 상징과 알레고리가 담겨있다. 그림 속에 들어있는 상징과 알레고리를 찾아 아리아와 연결하는 것은 마치 퍼즐을 맞춰나가는 듯 고되지만 재미있는 일이었다. 이따금 그런 조건들을 다 무시하고 아무런 연결고리가 없는 아리아와 그림이 동일한 감성으로 맞아떨어지는 것을 느낄 때도 있었다. 두 작품의 서사가 일치하는 경우다.

앞서 언급했다시피, 이 책에 실린 스물세 곡의 아리아와 스물세 편의 그림에서 내가 가장 많이 느꼈던 감정은 연민이다. 아리아의 주인공에 대한, 오페라의 등장인물에 대한, 그림 속 인물에 대한, 화가와 작곡가 그리고 그들의 운명에 대한 측은한 마음으로 가슴이 아팠던 적이 많았다. 돌이켜보니 그것은 인간에 대한 연민일지도 모르겠다.

버트런드 러셀이 자서전에서 말한 것처럼, 오페라 아리아와 그림은 내게 천국을 보여주었지만 그 안에 존재하는 연민은 다시 나를 지상으로 내려오게 했다. 인간과 존재에 대한 연민은 예술의 본질에 한걸음 더 가까이 가게 한다.